青春の詩歌

日本近代文学館 編

青土社

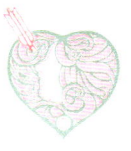

青春の詩歌◉もくじ

第三部　戦後復興期・高度成長期の世代　解説・中村稔　99

第四部　闘争と喪失・新しい世代

掲載資料寄贈・寄託者、協力者（敬称略）

荒川洋治
安東多恵子
安藤元雄
井坂洋子
石田修大
石原俊東
伊藤一彦
茨木のり子
入沢康夫
宇多喜代子
梅内美華子
大岡信
岡井隆
岡本ちよ
尾崎左永子
加藤　忍
加藤　穂高
角川春樹
金子兜太
河野裕子
栗木京子
黒田杏子
小池昌代
小島ゆかり
坂井修一
佐佐木幸綱
澤木くみ子
白石かずこ
新川和江
高野公彦
鷹羽狩行
高橋順子
高橋睦郎
塚本青史
坪内稔典
永田一勢
永田和宏
中村稔
長谷川櫂
馬場あき子
平出隆
穂村弘
宮嵜治
三好和子
米川千嘉子

*

小諸市立藤村記念館蔵
さいたま市
新宮市立佐藤春夫記念館
日本現代詩歌文学館
波濤短歌会
姫路文学館

序

青春は人生においてもっとも波瀾に富んだ時期である。

青春期において、私たちは異性との恋愛を体験する。そのために、私たちは心のときめきを覚え、昂ぶりを感じ、歓喜に酔い、失意し、悩み、苦しむことを体験する。青春は、私たちの心が動揺し、動揺のあらゆる相をめぐり、動揺をつうじて成熟する時期である。

青春期において、私たちはまた、社会とはじめて接触する。そのために、社会の体制や秩序と摩擦を生じ、そうした体制、秩序に反撥し、社会における自己のあるべき場所、自己の進むべき方向を見いだし、社会的存在として自己を確立する時期である。そうした社会の体制と秩序の一部として、家族制度があり、成人した子とその親との間に軋轢が生じ、思想的に対立し、やがて親の子離れ、親離れによって、たがいに相手の人格を許容するに至って和解し、本質的に親しい親子関係を確立するのも青春期である。夫婦の関係においても、たがいの愛情をはぐくみあいながらも、相手に順応できない違和感を覚え、憎しみを感じ、やがて理解しあうことによって家庭を築くこともあれば、憎しみが昂じて家庭の破綻をみるのも青春期である。

私たちの青春は、通常二十歳前後に始まり、三十歳代の初めのころに終るけれども、愛する伴侶に四十歳、五十歳になって遭遇することも稀でないし、四十歳、五十歳になってなお自己が進むべき道にふみ迷うこともある。だから、青春とは決して若者だけがもつ特権ではない。

私たちが対人関係において喜び、悩み、そうした体験をつうじて自己を確立し、そのために自己を変革していく気力、情熱をもつ限り、私たちは青春のただ中にいるのだと言ってよい。

しかも、私たちの青春の体験は私たちが生きた時代によって決して同じではない。アジア・太平洋戦争を体験した世代の青春と、たとえば六十年安保闘争とその挫折を体験した世代の青春とはまったく異なる。私たちは時代と社会環境によって翻弄される。その中で、私たちはそれぞれの個性に応じた、「青春」を体験するのである。

本書に収めた詩、短歌、俳句は日本近代文学館が二〇一四年四月から六月にかけて開催した「青春の詩歌」展に出品、展示された作品に、展覧会場のスペースの制限のため展示できなかった若干の作品を加えたものである。本書を編集するさい、詩、短歌、俳句という表現形式によって分類しないこととし、作者の生年によって四部に分類し、各部に詩、短歌、俳句を収めることにした。表現の形式は違っても、同じ世代、近い世代が、表現した心情はかなりに共通しているから、こうした構成により、時代による感情の違いをくみとり、また、共通の感情を読みとることができるであろう。

たとえば、第一部の與謝野晶子は一八七八年生まれ、近代短歌黎明期を代表する歌人であり、彼女の広く知られた

やは肌のあつき血しほにふれもみでさびしからずや道を説く君

の作には近代女性の強烈な自我解放の叫びを聞くだろうし、本書の巻末に収めた一九七〇年生まれの梅内美華子の作、

みつばちが君の肉体を飛ぶような半音階をあがるくちづけ

に清新で自由、爽やかな現代社会の愛、現代の青春を認めることができ、時代の違いを感じるとともにそれぞれの歌のもつ異なった魅力を知るであろう。

戦争下、徴兵されてトラック島に駐屯していた金子兜太が、敗戦により引揚げることになったとき、同島で戦死した戦友の墓碑を、水脈をひきながら遠ざかってゆく船中からのぞむ作

水脈の果て炎天の墓碑を置きて去る

はいわば戦中派俳人の切々なる悲歌であり、金子の戦後における前衛俳句運動の出発点であった。同じ「炎天」という言葉を用いた、一九四四年生まれの坪内稔典の作

炎天のわれも一樹となっている

には炎天の下、一本の巨木のように屹立する自我が、あるいは願望としての自己がうたわれているか

にみえる。ここには社会秩序から解放され、のびのびとした、若々しい感性が認められるであろう。

一八七二年生まれの島崎藤村の有名な「千曲川旅情のうた」、一八九二年生まれの佐藤春夫の「さまよひ来れば秋ぐさの」にはじまる「断章」、一九〇〇年生まれの三好達治の「山なみ遠に春はきて」の如き典雅な詩風に比し、戦後の大岡信、新川和江、入沢康夫らの作が、いかに複雑な情念を表現しているか、その違いも興趣に富んでいるし、一九四九年生まれの荒川洋治の「叶えてやろうじゃないか」に自由に躍動する精神を認め、新しい時代が現代詩の世界でも到来していることを知るにちがいない。

本書に収めた作品は、すべて作者自らの墨跡であり筆致である。加藤楸邨、大岡信のような書家としても通用する名筆も存在するが、上手下手を問わず、自筆の軸、額、原稿にはそれぞれの作者の個性がはっきりとあらわれている。その個性を発見することにも本書の感興があるはずである。

本書により、読者が各自の青春を想起し、本書に収められた多くの作品に共感したり、反撥したり、自らの心情を誘発され、興味を覚えてくださるものと信じている。

二〇一四年五月一日

日本近代文学館名誉館長

中村　稔

第一部

近代詩歌黎明期の人々

解説・中村稔

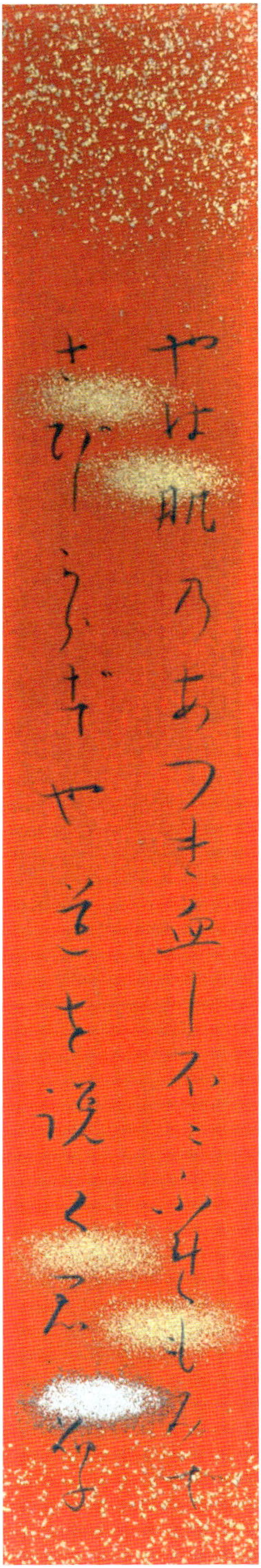
やは肌のあつき血しほにふれも見で
さびしからずや道を説く君
晶子

やは肌のあつき血しほにふれもみでさびしからずや道を説く君

——与謝野晶子

三五・五×六（㎝）

『みだれ髪』（一九〇一）より

伝統と因襲にとらわれていたわが国の和歌の枠をうちくだき、近代的女性の情念を解放し、その奔放な歌風により、世に衝撃を与え、近代短歌の扉をひらいた作品。

『みだれ髪』（一九〇一）

与謝野晶子

（よさの・あきこ）1878 〜 1942

大阪府生。歌人、詩人。1900年に与謝野鉄幹と出会い、後に結婚。「明星」に投稿した作品を集め、1901年に刊行した『みだれ髪』が反響を呼び、女流歌人としての地位を確立した。

のどあかき玄鳥《つばくらめ》ふたつ屋梁《はり》にゐて足乳《たらち》ねのはゝはしにたまふなり

——斎藤茂吉

三六×六（㎝）

『赤光』（一九一三）より

第一歌集『赤光』中でも特筆される「死にたまふ母」の連作中の頂点をなす作品。臨終の床にある母と屋梁に止まっている玄鳥の無心な生の対比が読者の心をうつ。

『赤光』（一九一三）

斎藤茂吉

（さいとう・もきち）1882 〜 1953

山形県生。医師、歌人。1906年、伊藤左千夫に入門。「アララギ」創刊に携わり、土屋文明、木下杢太郎らと交流、新気運の導入に努める。13年、生母いく、左千夫の死を経て出版した『赤光』は高い評価を受けた。

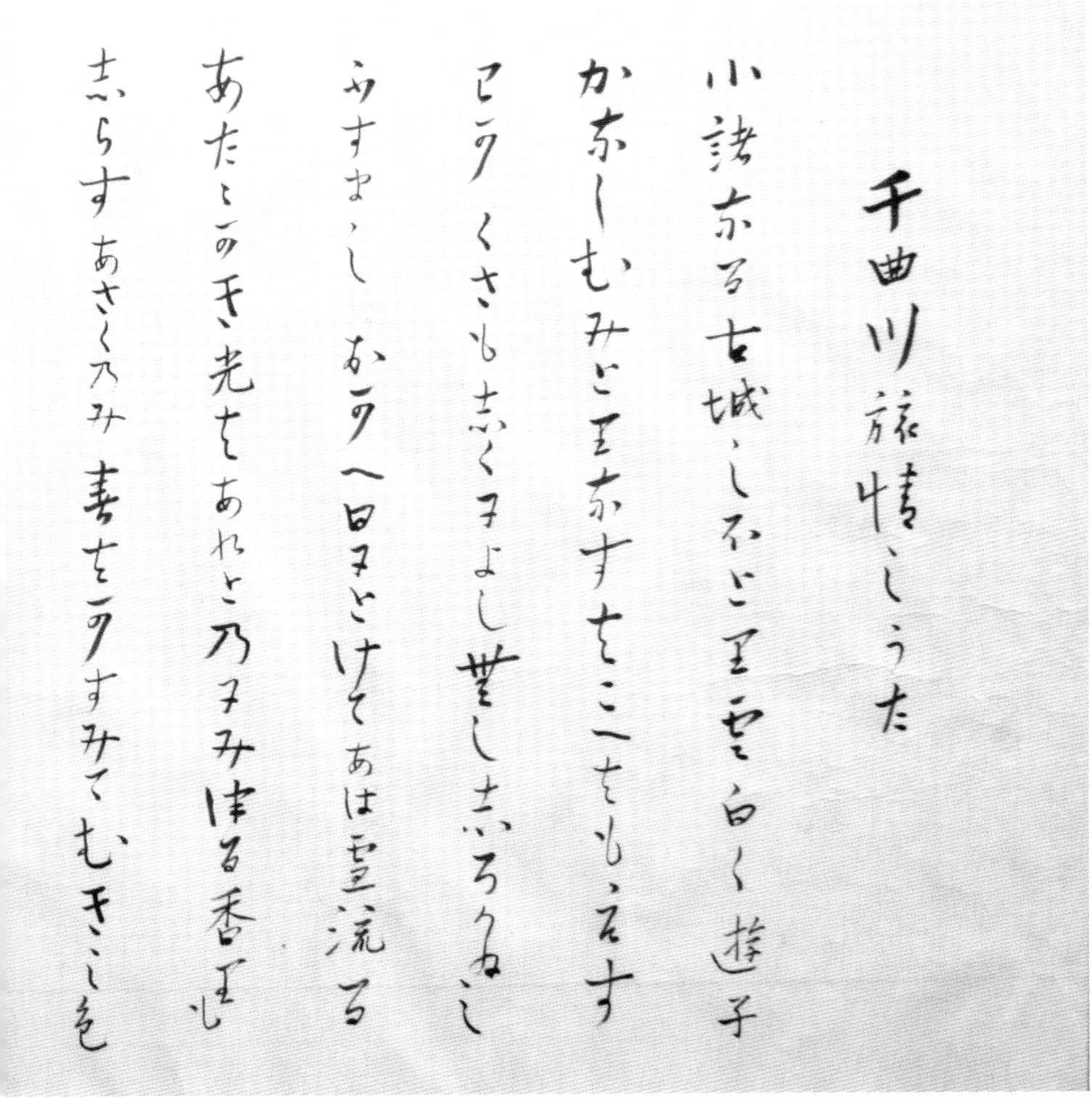

「千曲川旅情のうた」

——島崎藤村

七三×一三五（cm）

『落梅集』（一九〇一）より

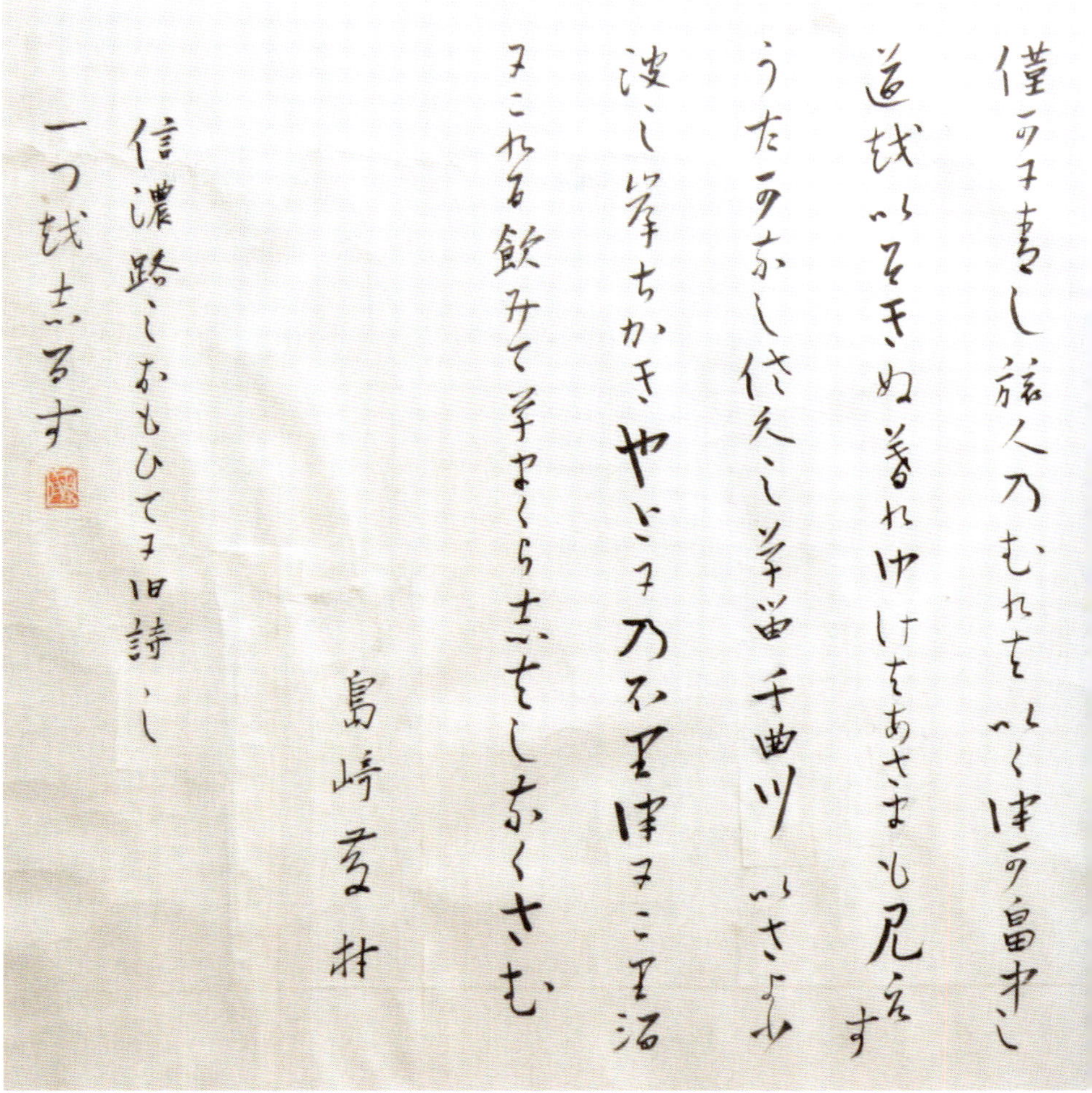

千曲川旅情のうた

小諸なる古城のほとり
雲白く遊子かなしむ
みどりなすはこべはもえず
わかくさもしくによしなし
しろがねのふすまのおかべ
日にとけてあは雪流る
あたゝかき光はあれど
のにみつる香りもしらず
あさくのみ春はかすみて
むぎの色僅かに青し
旅人のむれはいくつか
畠中の道をいそぎぬ
暮れゆけばあさまも見えず
うたかなし佐久の草笛
千曲川いさよふ波の
岸ちかきやどにのぼりつ
にごり酒にごれる飲みて
草まくらしばしなぐさむ

島崎藤村

信濃路のおもひでに旧詩の
一つをしるす

「千曲川旅情のうた」詩碑と藤村（1929年）
（小諸市立藤村記念館提供）

長野県小諸の懐古園に建つ詩碑の原文。一九〇一（明治三四）年刊『落梅集』所収。小諸義塾の教員として赴任していた二八歳ころの藤村がその旅愁と憂悶をうたった、日本近代詩を代表する、五七調の音数律による古典的名作。

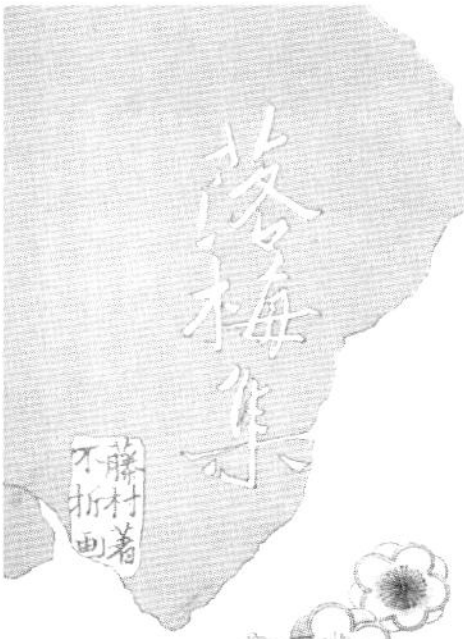

『落梅集』（一九〇一）

島崎藤村

（しまざき・とうそん）1872 〜 1943

長野県生まれ。詩人、小説家。本名春樹。北村透谷らの「文学界」に参加、作品を多数発表。1896年、第一詩集『若菜集』で文学的成功を収め、詩集『一葉舟』『落梅集』等を出版。1906年出版の『破戒』が島村抱月に評価され、自然主義の代表的作家として地位を確立した。長篇小説『夜明け前』を書き上げた後、大磯の自宅にて没。

第二部

戦争を体験した世代

解説・中村稔

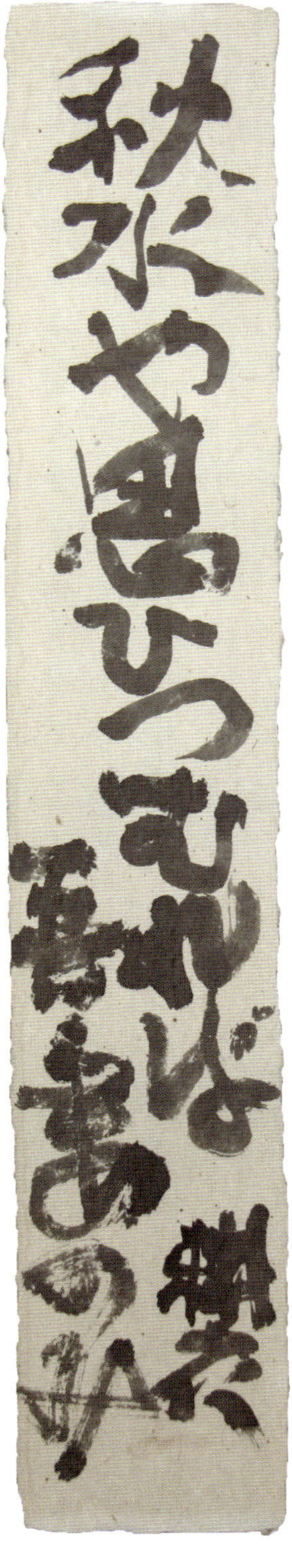

夏鹿の面を横に歩きけり
——永田耕衣
三六×六・五（cm）
『加古』（一九三四）より

秋水や思ひつむれば吾妻のみ
——永田耕衣
三六×六・五（cm）
『驢鳴集』（一九五二）より

耕衣は波郷主宰の「鶴」の同人となったこともあり、戦後俳句に主導的役割を果した俳人の一人である。「夏鹿の」の句には対象と自らとの間の確実な距離を見る眼があらわれており、「秋水や」にはひたすらな妻への思いが心をうつ。

『加古』出版（1934年）の頃
（姫路文学館提供）

永田耕衣

（ながた・こうい）1900 〜 1997

兵庫県生。俳人。波郷の「鶴」などに投句の他、現代俳句協会設立に参加。49年に熊谷珊花、光谷揚羽らと創刊の俳誌「琴座」は、耕衣自身の句会解散宣言を以て終刊するまで47年間継続した。90年現代俳句協会大賞、91年『泥ん』で詩歌文学館賞受賞。

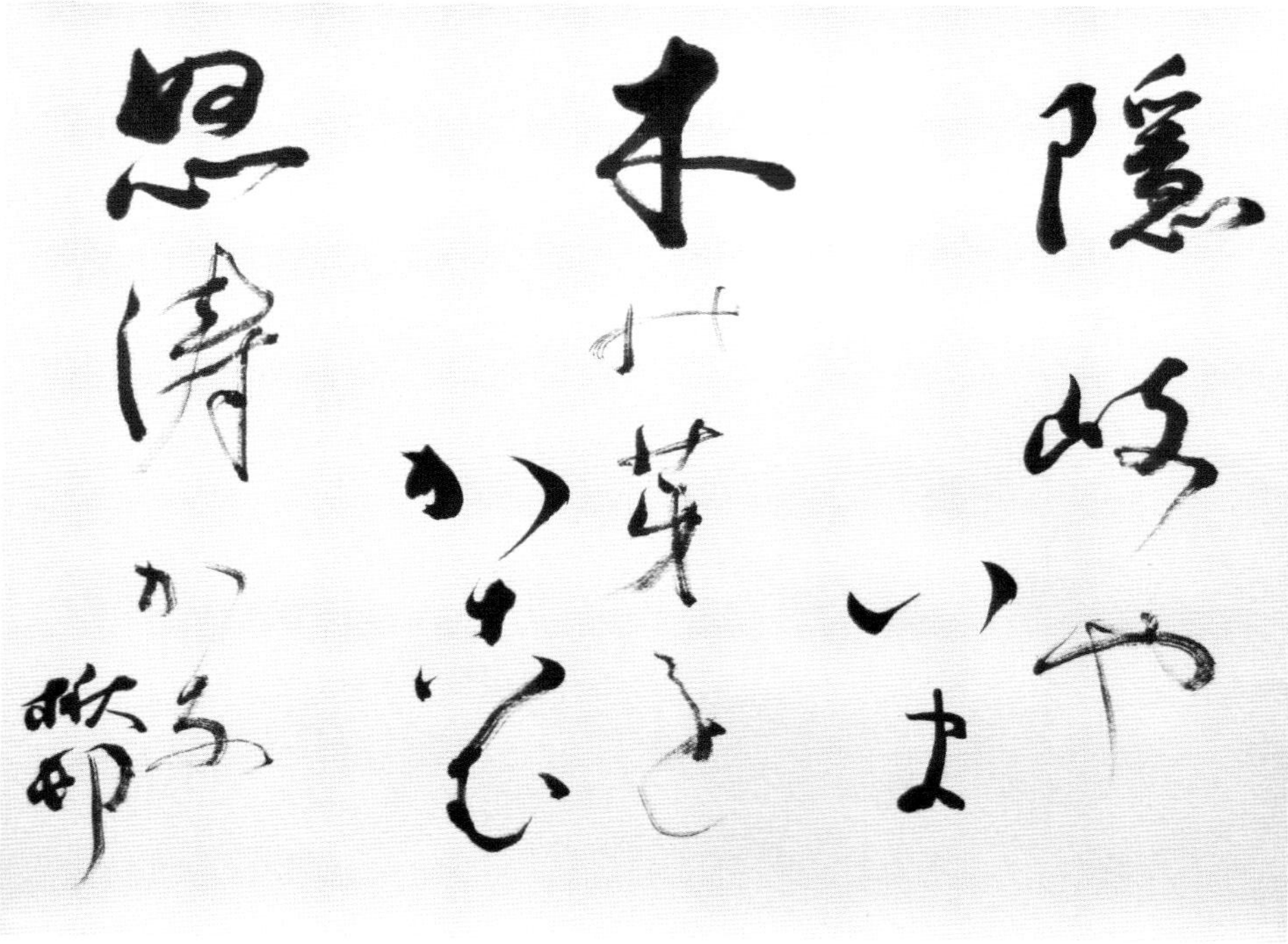
隠岐や
いま
木の芽を
かこむ
怒濤かな
楸邨

隠岐やいま木の芽をかこむ怒濤かな

——加藤楸邨

三二・五×四四（㎝）

『雪後の天』（一九四三）より

楸邨の代表句。雄勁な調べ、色彩豊かな風景の中に隠岐に流された後鳥羽院への切実な思いが潜んでいる。

『雪後の天』（一九四三）

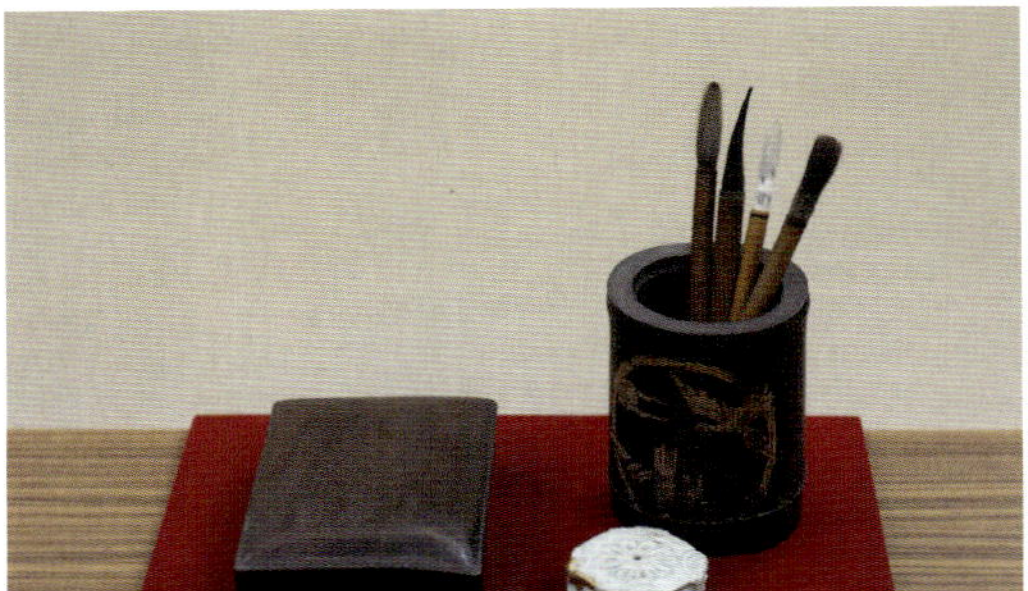

楸邨遺愛の文具

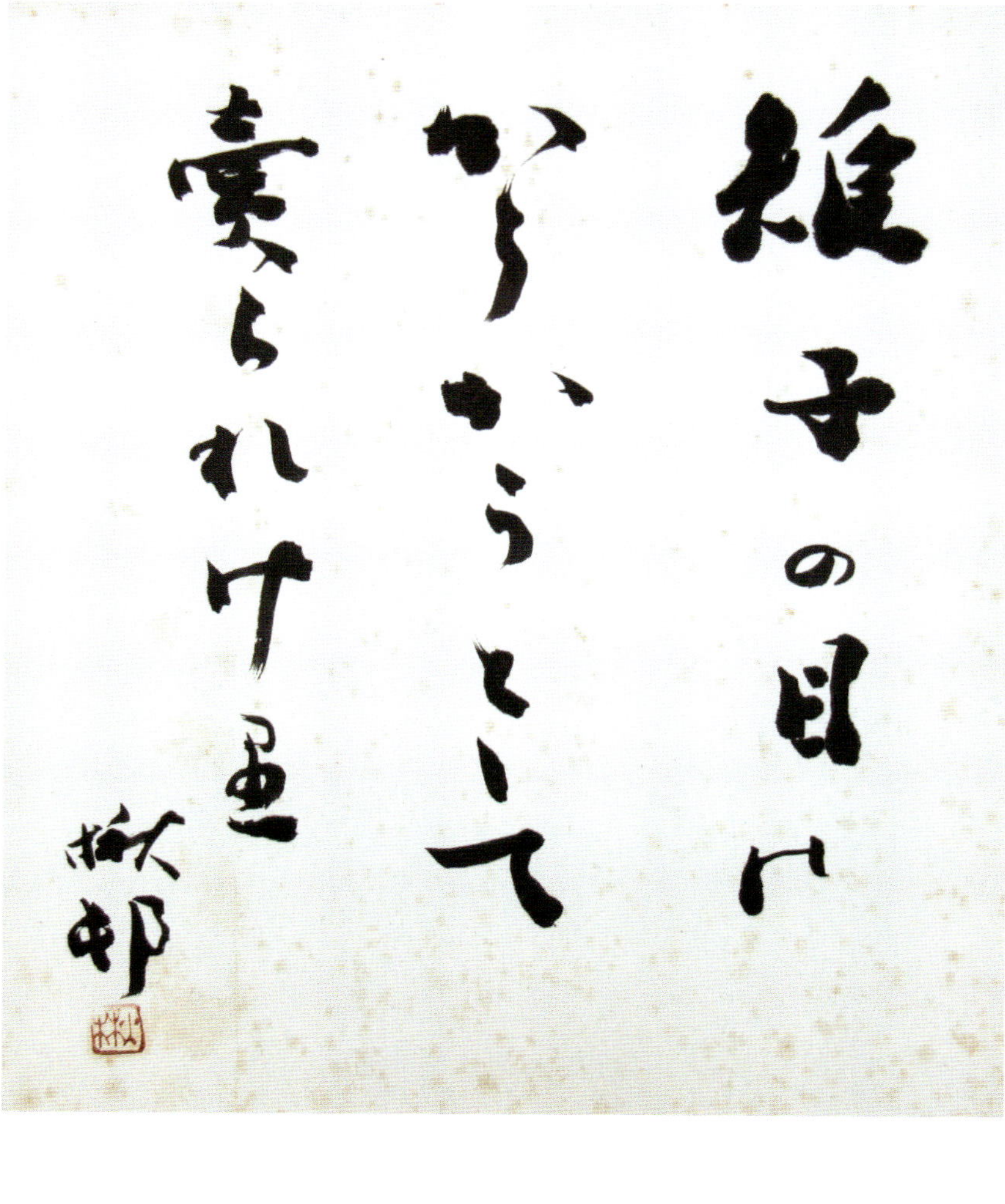

雉子の目のかうかうとして売られけり

——加藤楸邨

二七×二四（㎝）

『野哭』（一九四八）より

敗戦後の極度の窮乏期、高い志を抱いていた楸邨が目を「かうかうと」光らせながら売られる雉子にわが生を託した作。

『野哭』（一九四八）

加藤明雄氏制作

陶板　二四・五×三〇・五（㎝）

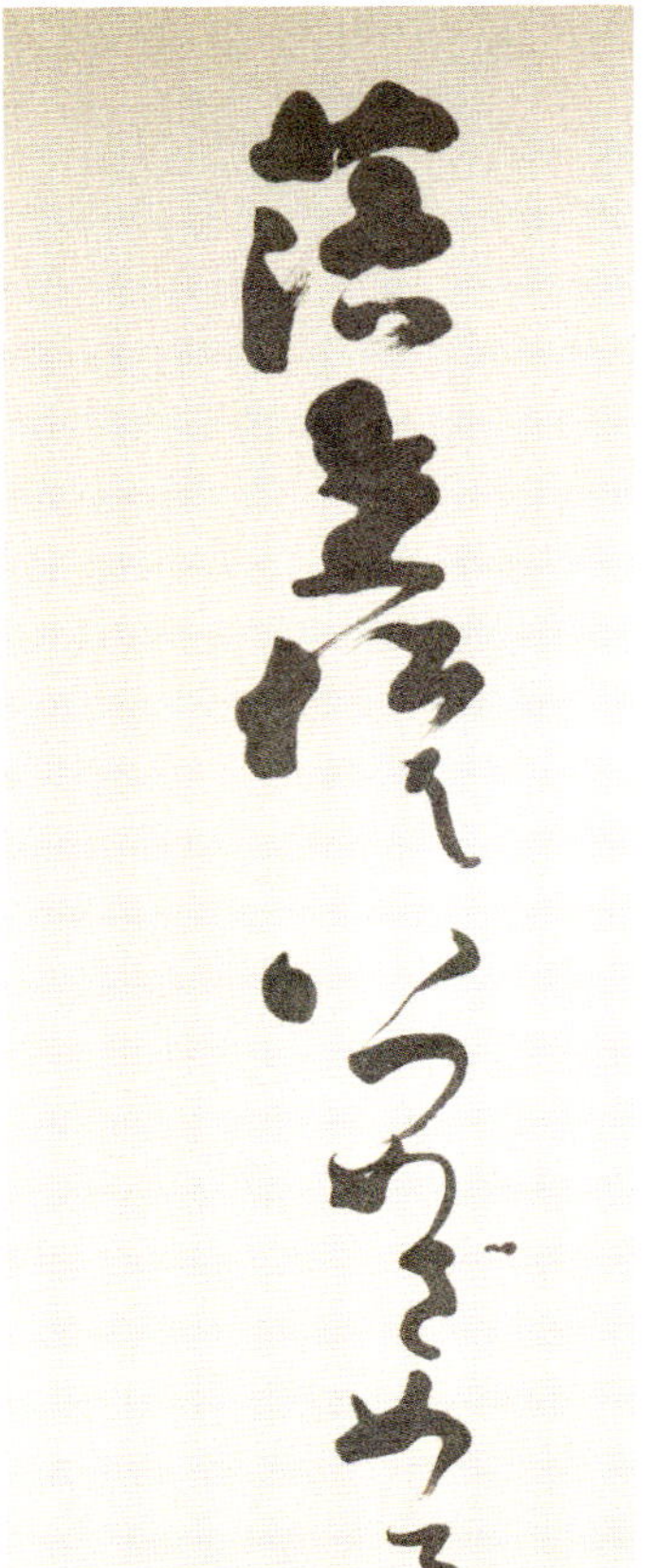

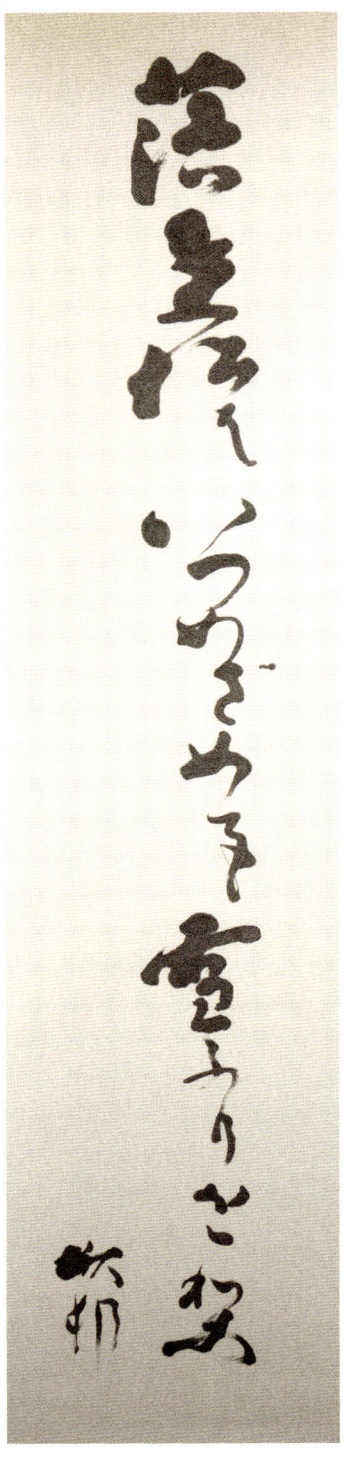

落葉松はいつめざめても雪ふりをり

——加藤楸邨

一三九×三三五（㎝）

『山脈』（一九五五）より

楸邨が結核の闘病中、軽井沢で病床にあったときの作。楸邨自身が彼の全作中最も愛着をもっていたといわれる。静謐な自然の底に、健康を回復したいという祈りをこめた句とみてよいであろう。

加藤楸邨

（かとう・しゅうそん）1905〜1993

東京都生。俳人。1929年、東京高等師範学校卒業の際、加藤知世子と結婚。埼玉で粕壁中学教員となる。35年より「馬酔木」同人、後に波郷と共に編輯に携わる。40年から没年まで俳誌「寒雷」主宰。85年日本芸術院会員。68年、『まぼろしの鹿』で蛇笏賞、現代俳句協会大賞等受賞多数。

『山脈』（一九五五）

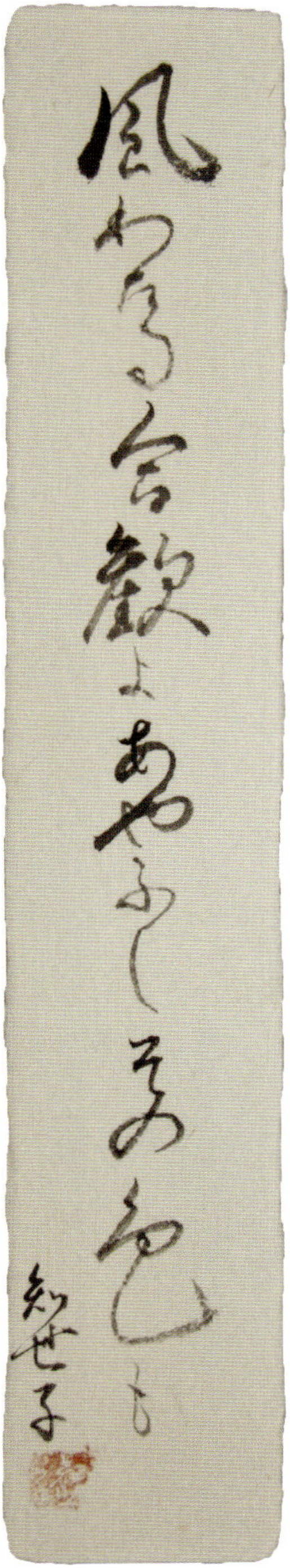

風わたる合歓よあやふしその色も

——加藤知世子

三六×六（㎝）

『冬萌』（一九五三）より

楸邨夫人。合歓に風がふきつける、その色を消すかのごとく、風が合歓にふきつける。風にふかれる合歓に注ぐ作者の愛しさ、観察のこまやかさをみるべきである。

加藤知世子

（かとう・ちよこ）1909 〜 1986

新潟県生。俳人。旧姓・矢野、本名・チヨセ。40年「寒雷」同人。54年殿村菟絲子らと「女性俳句」創刊。戦後、長く続いた病から回復した楸邨が73年にシルクロード紀行を行った際はこれに同行。86年の没後には、楸邨の手によって遺句集『頬杖』が刊行された。

『冬萌』（一九五三）

●エッセイ

両親について

加藤穂高

加藤楸邨は、若くから自らを「加藤楸邨先生」と呼ばれることをよしとしなかった。相手を弟子と呼ぶことも同然である。暇があれば楸邨が「達谷山房」と自称する陋屋に、隊伍堂々押しかけて来る学生や、職業・住所もさだかならぬ正体不明の俳人グループがいくつかあった。ベテランの俳人に連れられてこうした、遠路はるばるなどという人が混っていたりすると、狭い玄関は靴で一杯になり、家人の出入りもまゝならぬ始末になるのに加え、折角「脚下照顧」と貼り紙してある手洗いも、爪先立ちでもしなければ用を足せない有様になる。もっと困るのは、おひき取りが深夜になった場合などによく持ち上る騒動なのだが、昔の玄関灯は暗かった。引き揚げる際、人さまの靴を自分の靴と誤って履いて、帰ってしまう俳人が時たまいる。達谷山房にはひとに履かせる靴の余分はない。持ち主不明の、ひとの靴の気味悪さに耐え、とり敢えず残っているその一足を履いて帰ってもらい、後日の連絡を待つか、スリッパで帰ってもらうしか選択肢はない。誰だか分からぬ慌て者は、自分の過ちに気付くまで存外時間がかゝる例が多い。やっと連絡が入って靴の受け渡しが済むまで、山房主人が気を揉みながら双方の仲介を果たさなければならないのだ。

先生呼ばわりされることを好まぬ理由は別にもある。もう、人さまに教わることはあっても教えることの乏しくなった苦学生あがりの貧乏人が、先生付けで呼ばれる筋合いはなく、痛み入ってしまうからという思いゆえからの「先生」拒否であった。事実、楸邨という俳人は、同人は野放しで、新人にも手取り足取りで行き届いた指導をすることはしないという評判が多々あった。座談でも句会でも一同がそれぞれの力を出し合って、協同作業の精神でやるのだから「先生」は止めにして、お互い、「お仲間」と呼ぶのがよいではないかというのが楸邨の気持であった。勿論「弟子」は禁句である。

そうした集団が押しかけて来ると、狭い家で楸邨の子供らは居どころもなくなり、玄関の表にはみ出て、子供なりの観察眼でなんだか意味不明の名告りをする俳人から順番に顔と名前と姿態がぴったり一致する人を発見するのが、いたく楽しかった。また、名前に凄味や妙味があって、子供の想像力を超えた人の意外な優しさに触れた場合などには感動して子供の間でだけ通ずる綽名をつけたりしているのを察知した楸邨が、爾後われわれの献じた綽名で内々にその人を呼ぶようになったりすると、たまらなく誇らかな興奮さえ覚えたのであった。

座談や句会の開始の直後には「加藤楸頓《とん》先生」と呼ぶ新人もいたりしたが、盛り上がるにつれ、「楸邨先生」になり、もう十分もすると「先生」はいなくなり、「楸邨」だけが呼び捨てにされ縮んで在席しているのだった。

人格論や習作批評論が始まると、ぶら下がっているのが宿命であるサンドバッグさながらに父親が若手会員に手籠めにされているのを見るのは口惜しかったが、糞味噌にやられている場面の小気味よい後味には捨てがたいものもあった。深更に及び電車もなくなる時分、楸邨を退治して、意気揚々と引揚げて行く背中たちの姿が遥か遠く見えなくなる頃になると、今まで憮然として死ぬ真似をする虫と化していた楸邨が徐に生き返り、「理屈じゃない。決着は句でつけるもんだ」と呟くのは寂しい風景であった。逐に楸邨はアポなし客の襲来と、原稿締切日の狭間に窮して、玄関先に「わたくしに時間をください」と大書した立て看板を掲げた。しもた屋に大売出しさながらの看板は奇怪な泣き笑いの趣きがあった。

右のような次第で、新しいのや古いのや、多様の俳人が楸邨の周辺に現れ、外部の人々との接触の機会も多くなると知世子もちびた鉛筆を舐め舐め手帳に何かを書き込んでいる姿を見せるようになっていた。そうなっても世間の常識とはやや異る楸邨・知世子ふたりの関係は、俳句では師弟の関係ではなく、「お仲間」の関係にあった。この人には「楸邨から学ぶ」というよりは「楸邨を毟る」積極性・自発性があった。人前であろうと、臆するところなく「おトーサン、これ何て訓むのヨ」といった調子で、文末の一音の「ヨ」の部分が格別である。時には教えるところ吝かならざるべしといった年長の気合いさえ表した。とり繕うところがなく、万事がこの調子で嘘がなく、新潟山中の生家近くを流れる樽田川の辺《ほとり》、藪中の閻魔を幼時から胸中深く大切に納めたまま、他界するまでこの罪悪審判者を抱き通していた趣きがある。

この人は、新潟県東頸城の棚田だらけの急斜面上にある古い農家の十人兄弟の末っ子で、東京浅草仲見世で日本料理店を営んでいた兄に可愛がられて上京、通信教育を受ける傍らこれと別途に苦学時代の家庭教師楸邨からの教えも受けていた縁で楸邨と結婚してしまったといういきさつを持っていた。童女の頃、田畑や、地べたや蒼空に拠って生きている鳥獣や虫の類は、蛇でさえ掌上の友で、山野の草木については恐ろしく詳しい知識、接し方の知恵を身につけていた。

一方楸邨は、渡米して新天地に道を拓こうとして北海道に渡り欧米の諸学、アイヌ語の手引き書の自作にまで手を伸ばし、挫折して鉄道院に入り、東京・北陸・関東・東海等各所の駅長職を勤めた三年間としてひと所に定住することの叶わぬこの職にあった父親に従い、一家五人は流浪に似た移動を繰り返していた。楸邨も小・中学校の転校を絶えず繰り返していて、郷里というものを持たない。一箇所に住みなれる間も持てず、「よそ者」「異端者」の孤独な歳月を送った。楸邨濫読者の異名を得た因である。

大正十四年二十歳の早春、畏敬する父は没した。たちまち楸邨の両肩に、一家五人の暮らしを支える重圧がのしかかって来、何を措いても弟妹の教育を最優先しなければならない立場のただ中で、第四高等学校進学の夢も捨て、少しでも安定した職を求めて転々奔走しつつ、小学校の代用教員・家庭教師で糊口をしのいだ。やみ難い学問への憬れと、一家の家長としての重責の狭間で懊悩した青春時代だったが、父他界の翌年には東京師範第一臨時教員養成所国語漢文科に入学、苦学生活を止めなかった。父他界後の赤貧洗うが如き暮しの中で、東京文理科大学（のちの筑波大）卒業という学問に繋る細い糸を遂に手離さなかったこの一事が、後の楸邨の道を拓いた。

埼玉県の粕壁中学に赴任して間もなく、楸邨は同僚から鬼城系の俳句の道に誘われ、母や弟妹の生活支援のため続けていた苦学生活の縁で、先述の加藤知世子との結婚を果たしていた。良い趣味だとは思えないが、このふたりの結婚に至る実相は永年謎だらけであったが、何だかの弾みに踏み込んで尋ねたことがある。金を持たないふたりの逢う瀬は、毎度楸邨の勤める粕壁中学の傍を流れる古利根川のほとりで、黙々と寄り添って歩くのがせいぜいの喜び。「決定的瞬間」を問うと楸邨はみっともないほど取り乱して答えた。「あれはナンダカホレ、木の枝を折って渡してやったのサ。」という答えで、蕾を持った木の枝を折り取って渡すという稚拙な方法に婚意のすべてを托した楸邨。この時私は

初めて楸邨の赤面というものを見た。母は断乎という感じで「侘助」とひと言。楸邨は知世子の好ん

だ花が「ナンダカ椿」と記憶する誠意は持ち合わせていたものの足下路傍の花々の名を正しく識るに

は貧し過ぎる青春の時間を生きて来たのだ。花鳥虫獣の類についての楸邨の学習効率はすこぶる悪く、

発表句の中での取り違えということもままあることだし、私の家内が嫁いできた時分、知世子とこの

嫁の楸邨の教育に払った協力関係には涙ぐましいものがあった。

　椿だか侘助だかのやり取りに托して幼く誓い合った筈の結婚生活も、私が中学生になった時分には凄まじいドラマの台本上を歩む様相に変貌していた。人間の真相に、なんとしても俳句表現上で近づきたい楸邨の夢は白熱を帯びてさえいたが、原稿用紙のマス目ひとつひとつに注がれた心血を、書かれるそばからほじくりだして食い尽くす悪魔のような食い盛りを四人抱えての貧乏は昔日のそれ以上に底深くなっていたが、それとは別として渋く可憐な「侘助」で結ばれたふたりの雲行きに大きな変化が起こっていた。夕飯が済んでしばらくすると子供らは六畳ほどの寝部屋に引きあげる。そこそこの勉強が終った者から布団に入るのだが、私を除く三人が寝につく頃になると、なにがいけないのか、隣りの部屋で「侘助」どもの云い諍いが始まるのだ。なにが諍いの種なのかさだかではなく、所謂夫婦喧嘩のレベルを超えたような迫力の怒声が響いての諍いが始まるのだ。知世子の抑えた声は殆ど聞こえないのだが、楸邨の大躯から絞り出される声の響は唯事ではない。剣幕というか、迫力というか、真剣というか「今夜も始まったか」と思うと長男の私は「ああこの家も終りだ」という思いが走り、解散した日からの家族のひとりひとりの姿を思い浮かべて暁までの怒声の中、頭を枕につけることが出来ないのだ。そして時には闇が去り天が白むまで成行きを覗って寝つけないでいる私の枕もと

を通って、身辺の小物や本を詰め込んだ鞄を持った楸邨が後をも返り見ず家を出て行くのだ。その晩もあくる晩も楸邨は家へ戻らない。楸邨は何かの怒りを抱えて出て行ったことだけは確かだが。

　こうした諍いは、楸邨に気力が存在する歳月の間、何度も繰り返された。中学生かそこらの私には世間の夫婦の争いの種がどういうものか見当がつかないでいた。一家が崩壊の危機に瀕していることだけは直観し、「矢張り」、と絶望する頃、何気なく楸邨の部屋のドアを開けるとそこにいない筈の達谷山房主が何食わぬ顔で坐っていた。普通は夫婦の婦のほうが家を出る。我が家では、家出人は夫のほうである。なにか、とてつもなく裏切られた気分になるのであった。

　ひと呼吸した頃、楸邨は一同の前に現れて、「相手への強い関心を放置出来ない仲だから諍いをする。表面上の平和を望むだけの相手なら、無関心を隠し、みっともない諍いをしたりしないのだ」と傲然と胸を張るのである。一理あるとは思いつつも、「男は起《た》ったら相手を倒せ倒せぬ相手にいちいち起つな」とか、「男は正義を語ってはならぬ。世評の前に討死にすべし」といった男の美学というか、家訓めいたものを、事ある毎に厳かに口にする楸邨を頭の隅で、まるで大見栄を切る剣戟映画の主役ではないかと思いながら黙って睨んでいるしか術がなかった。こうした諍いは知世子が他界するまで、性懲りもなく繰り返された。米寿を迎える直前まで、互いに相手に憎悪を抱いているのかと思えるほど、熾烈に繰り返された。楸邨の没後してしばらく経った頃、私は一冊の書物と出遭った(『自伝抄V』―読売新聞社)。書中に楸邨執筆の項があり、

　鱝《えい》はいまいづこ漂ふ十三夜　楸邨

の句を挙げて、この句に知世子が苛烈な楸邨批判を加え、それに楸邨が反論している小文がある。楸邨は、もの事の根幹や本質といったもの事を論理的に表現しようとする時、真剣になればなるほど呂律が回らなくなり、難解なものに傾く不器用さがある。この小文全体の理解が行き届かないのは残念だが、要は対象とするものそのものに直接しないで、観念のフィルターで句の行く方を方針づける詠嘆の弱点を露出した「泣き節」だと酷評しているのだ。楸邨の句の多くに微笑・忍び笑いはあっても爆笑・哄笑に類する笑いの句は見当らぬ。悲しみ・怒りなどの抑圧された暗さに連なる詠嘆を漏出するところに楸邨が「うたう」特徴がある。この一文はそうした真剣さでやり取りされ、やゝゆとりを持ち得た晩年夫婦の穏やかな茶呑み話の外にあるトーンを持つものであると感じた。同時に、楸邨は鉢物でない、直植えの草木に通ずる知世子に納得し了せずには居られない青年の如き夢を抱き続けたのに違いないという思いが募る。世俗的な、いがみ合うにも値いせぬ諍いもしたろうが、深更から暁に及ぶ、あの長男の不眠を招いた精一杯の諍いは、表現達成の階段を一段でも高く昇り詰めようとしていたふたりの生き方の証だったのだという気がする。

私の庭の日当たりのただ中で、この冬も達谷山房由来の侘助は、さゝやかな蕾をいくつもつけた。

加藤楸邨夫妻（福島県吾妻山で　昭和30年代前半）

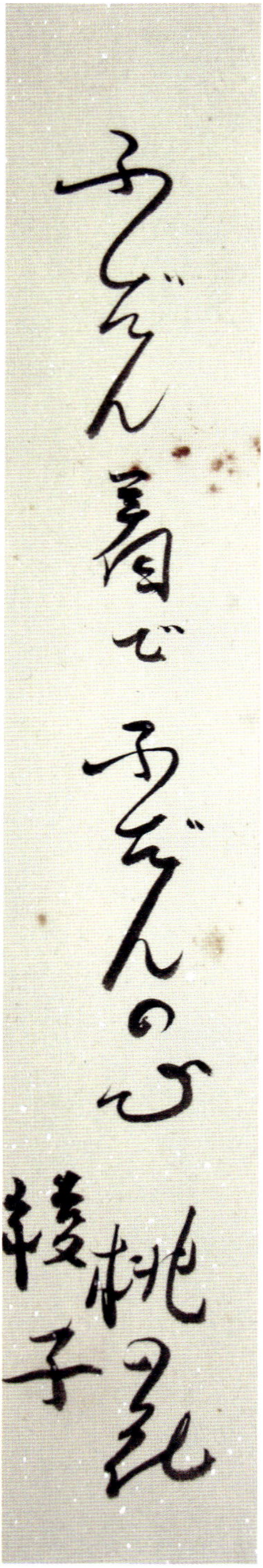
ふだん着でふだんの心
桃花
綾子

ふだん着でふだんの心桃の花

——細見綾子

三六×六（cm）

『桃は八重』（一九四二）より

沢木欣一夫人。沢木によれば、一日として句作しなかった日はなく、自分の身体そのものと化した俳句を詠った、という。細見綾子にとって、俳句はその生そのものであり、生はいつも青春期の若々しさを保っていた。

1954年5月

細見綾子

（ほそみ・あやこ）1907 〜 1997

兵庫県生。俳人。1929年、松瀬青々主宰「倦鳥」に投句。46年に「風」同人。52年刊行の句集『冬薔薇』による茅舎賞をはじめ、75年『伎藝天』で芸術選奨文部大臣賞、79年『曼陀羅』で蛇笏賞受賞。81年勲四等瑞宝章受章。

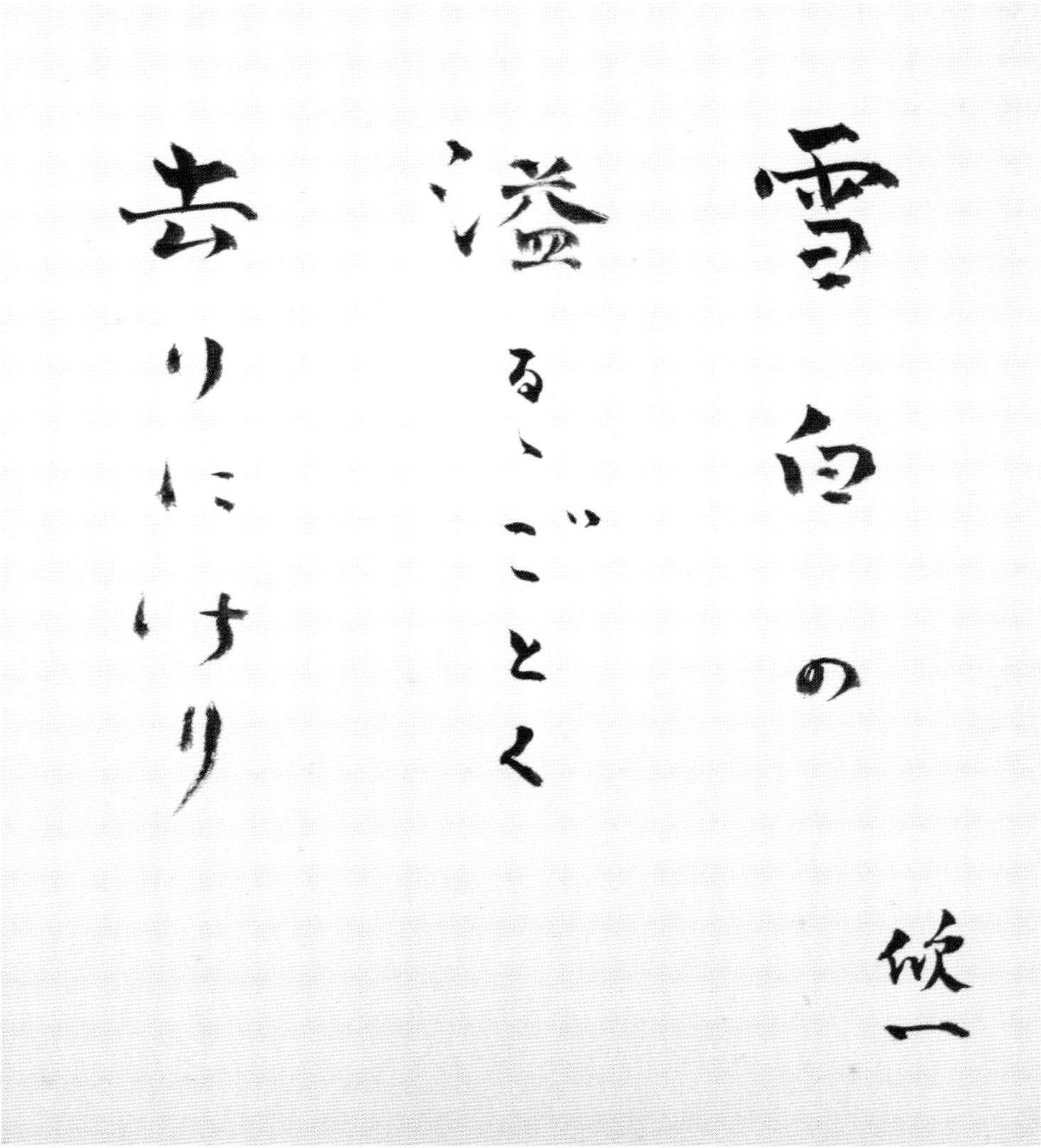
雪白の
澄るゝごとく
去りにけり
欣一

雪白の溢るゝごとく去りにけり

——沢木欣一

二七×二四（cm）

『雪白』（一九四四）より

一九四二（昭和一七）年三月、楸邨門下の沢木欣一は、旧制四高を卒業、金沢を去って東京へ赴いた。「雪しろは犀川の雪解け水である。雪の塊りがぶつかり合いながら速力を増して流れ去った」と自解している。雪解水とともに流れ去るように感じたのは三年間の旧制四高における波瀾に富んだ青春であったにちがいない。

『雪白』（一九四四）

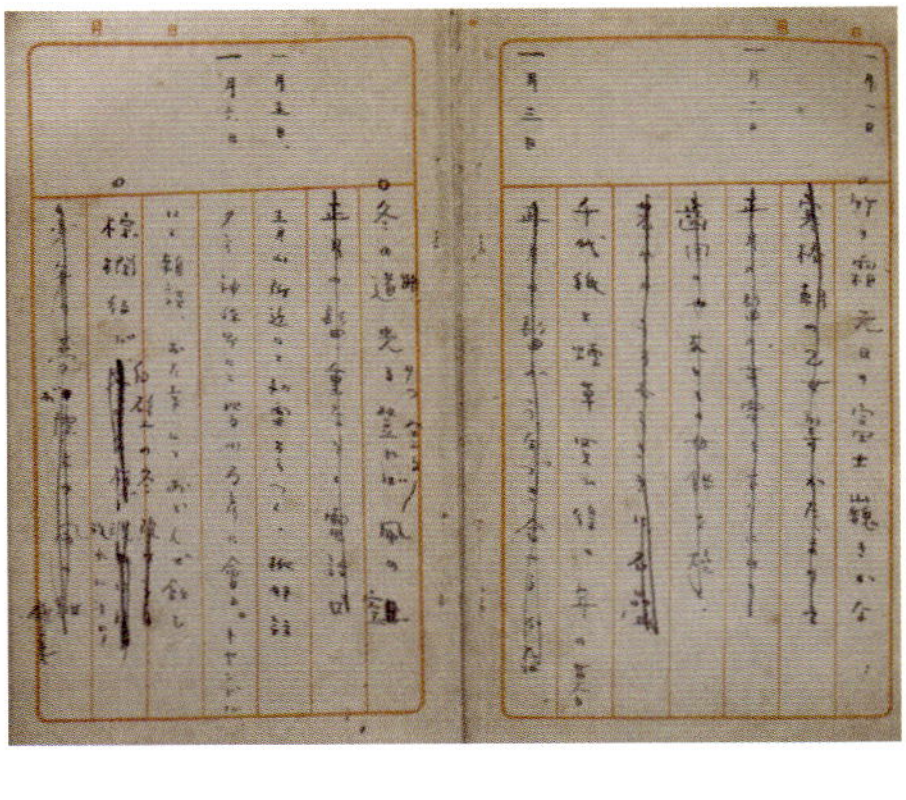

俳句手帖（一九四三）

—沢木欣一

一五×八・五（cm）

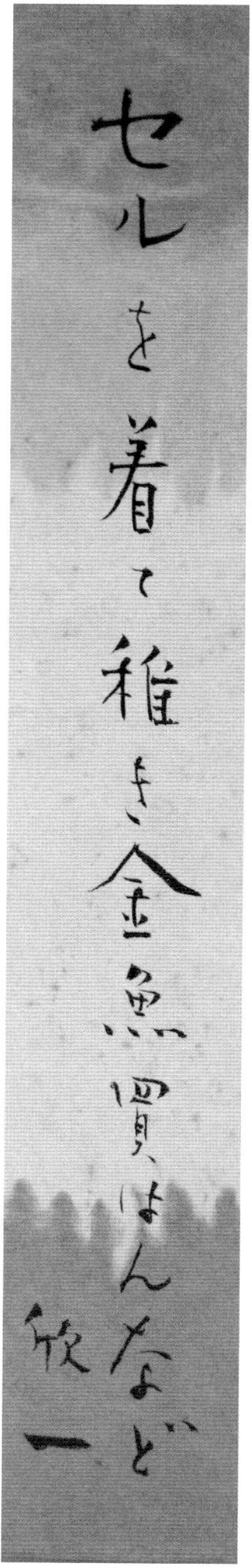
セルを着て稚き金魚買はんなど
欣一

セルを着て稚き金魚買はんなど

――沢木欣一

三六×六（㎝）

『雪白』（一九四四）所収より

季節の変り目、さて、今日はセルでも着、稚い金魚を買って、気分一新、出かけることにしようか、といった青春の憂愁をうたった作。

『雪白』

沢木欣一

（さわき・きんいち）1919 ～ 2001

1954年5月

富山県生。俳人。幼少期を朝鮮で過ごした後、1939年、金沢の旧制高校入学、楸邨に師事し俳句を始める。大学進学後、細見綾子に出会う。43年応召を受け、旧満州で従軍。46年金沢で俳誌「風」創刊主宰。翌年細見と結婚。95年『眼前』で詩歌文学館賞、96年『白鳥』で蛇笏賞受賞。

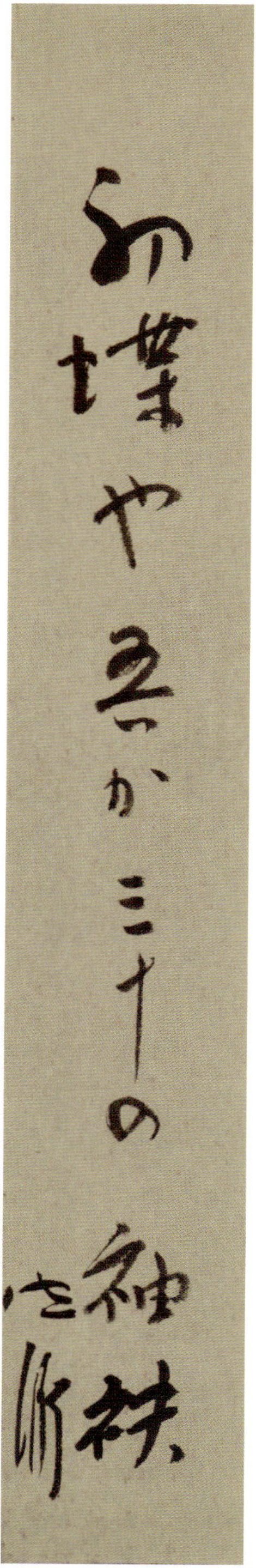

初蝶や吾が三十の袖袂

——石田波郷

三六×六（㎝）

『風切』（一九四三）より

春がめぐり、蝶をはじめて目にとめる、その蝶がわが袖や袂にまつわる、そうした静寂の中に到来した春にときめく心をうたった佳句である。

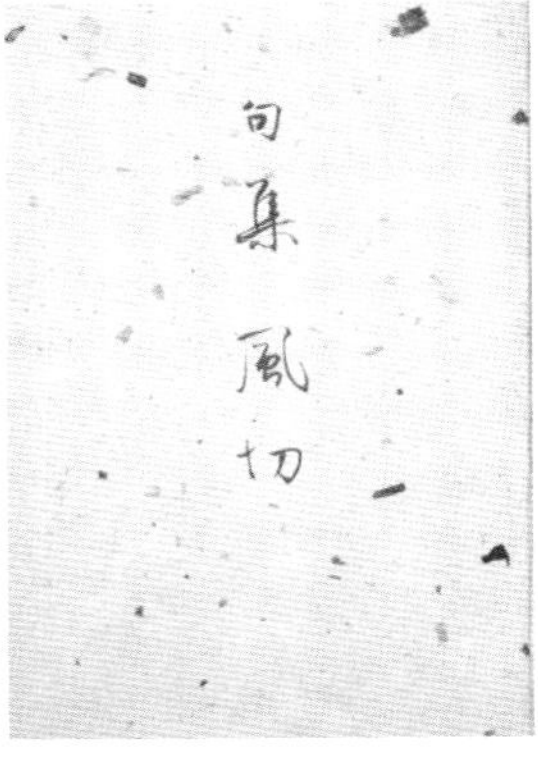

『風切』（一九四三）

石田波郷

（いしだ・はきょう）1913 〜 1969

愛媛県生。俳人。1930年、五十崎古郷に師事。上京後は水原秋桜子主宰「馬酔木」を編集。37年「鶴」主宰。『風切』刊行直後に召集、終戦前に病気のため内地送還。戦後は「鶴」復刊、「現代俳句」創刊などに携わったが、長い闘病生活が続いた。55年『定本石田波郷全句集』で読売文学賞、69年『酒中花』で芸術選奨文部大臣賞受賞。

水脈の果て
炎天の墓碑を
置きて去る

兜太

水脈の果て炎天の墓碑を置きて去る

――金子兜太

六八×三五（㎝）

『少年』（一九五五）より

【自注】

駆逐艦がトラック島を離れます。夕暮れ時です。陽の落ちかかった環礁を、艦がゆっくりと舳先を大海に向け出ていきます。（中略）この山のふもとに私たちは戦没者の墓碑を建ててきたのですが、その墓碑が、私たちを最後の一瞬まで見送ろうとするかのように、夕暮れの果てにいつまでもいつまでも見える思いなのです。その光景を駆逐艦の甲板上から眺めながら、私は自分にはっきりと誓っていました。これまで私は人のために何もしてこなかった、この先私は頑張ろう、死んだ人たちのために頑張ろう、そうすることで彼らの死に報いよう、そう肚をくくっていたのです。

『二度生きる　凡夫の俳句人生』（チクマ秀版社　一九九四）より

『少年』（一九五五）

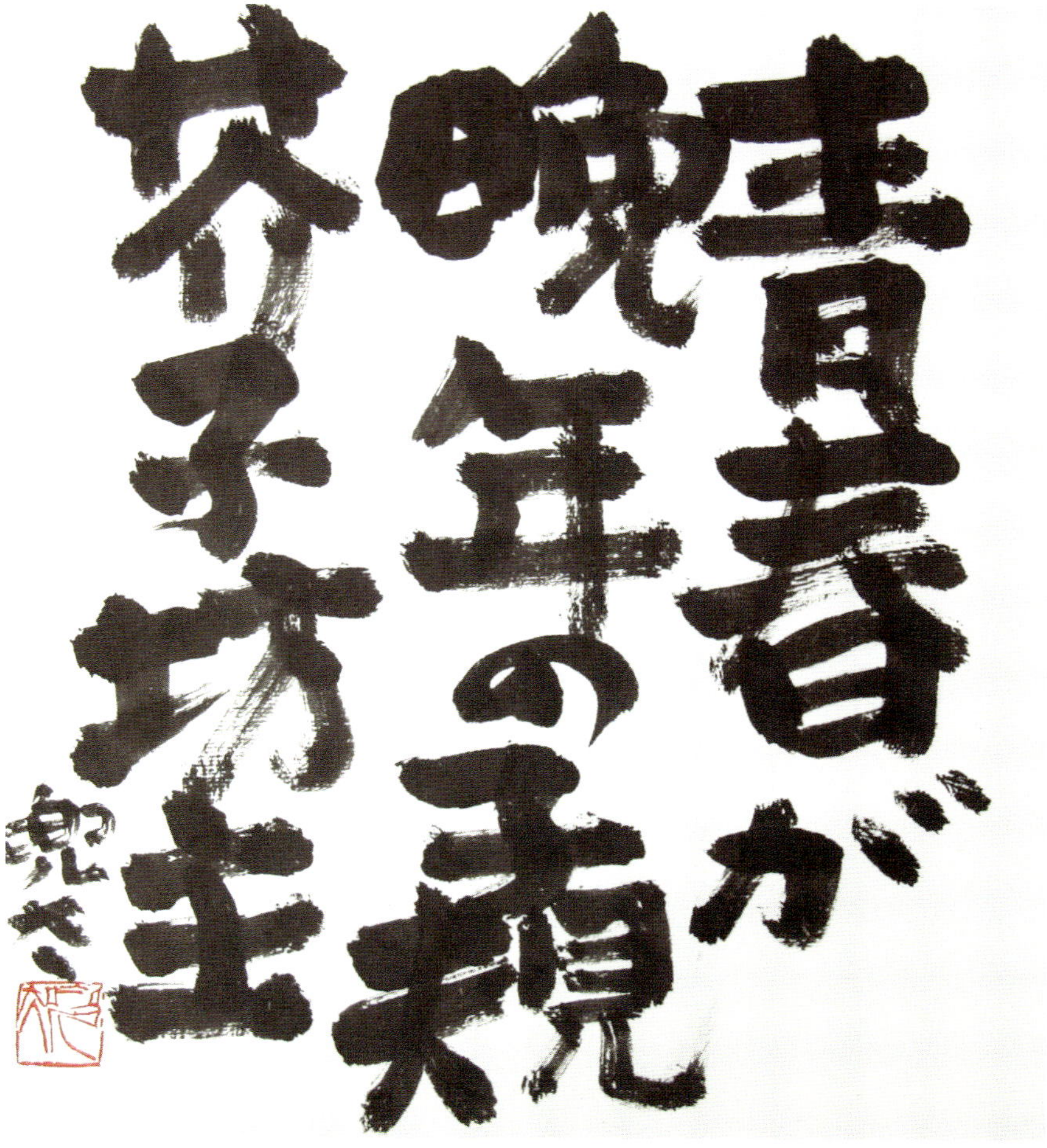
青春が
晩年の親
不孝坊主

青春が晩年の子規芥子坊主

――金子兜太

二七×二四（㎝）

『両神』（一九九五）より

「青春が子規の晩年」は、子規は私たちの青春期すでに死を間近にしていた、客観的な事実である。そうした事実そのものをうたいながら、子規の悲運への共感を諧謔のかたちでうたった佳句。

『両神』（一九九五）

金子兜太

（かねこ・とうた）1919 ～

『少年』より

埼玉県生。俳人。東京大学在学中に加藤楸邨に師事。1944年に主計中尉として赴任したトラック島で終戦を迎える。復員後は沢木欣一主宰「風」に所属した。56年現代俳句協会賞。88年紫綬褒章。96年『両神』で詩歌文学館賞、翌年NHK放送文化賞、2002年『東国抄』で蛇笏賞受賞。03年芸術院賞。08年文化功労者。

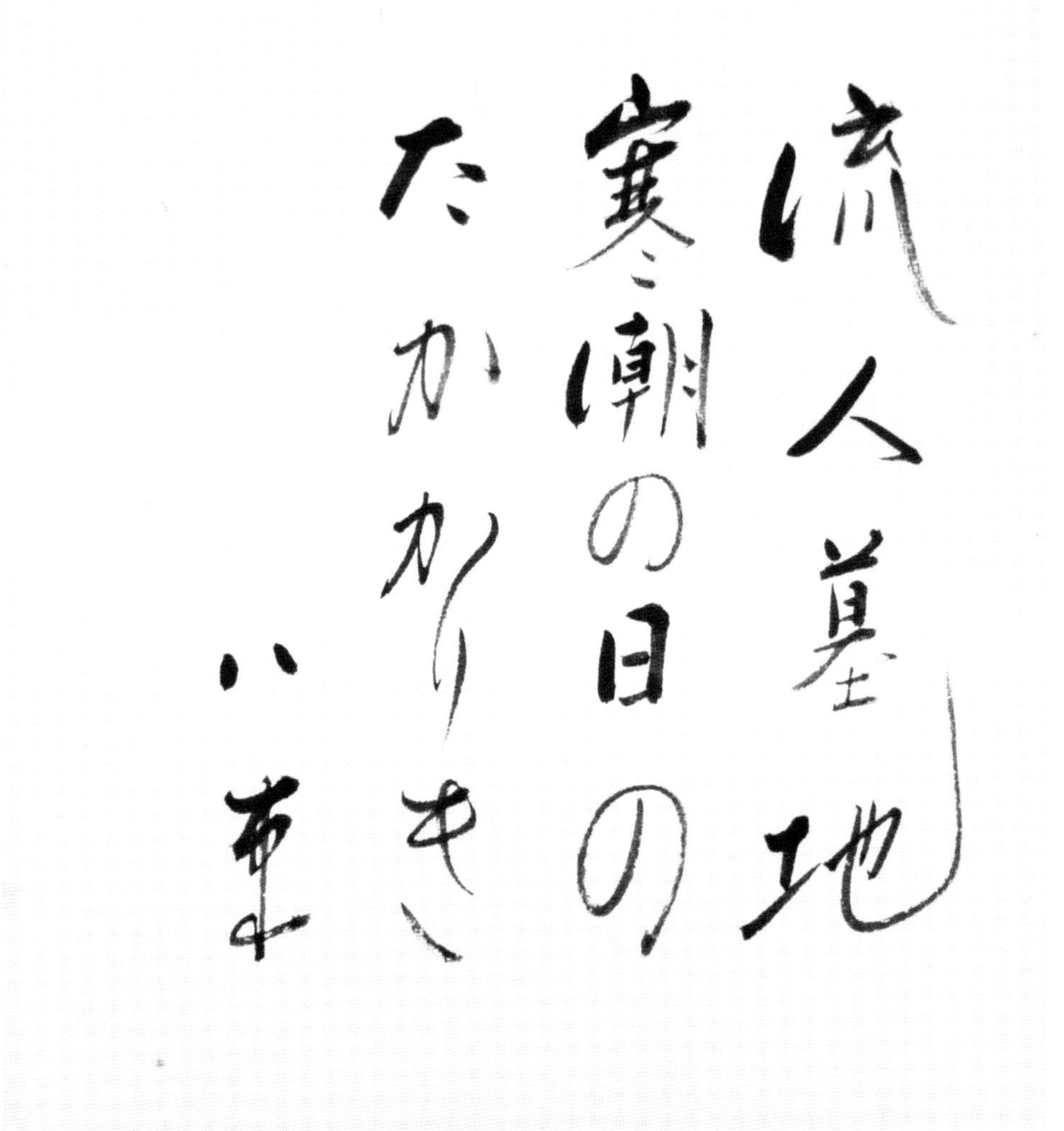
流人墓地
寒潮の日の
たかかりき
八束

流人墓地寒潮の日のたかかりき

——石原八束

二八×二四・五(cm)

『秋風琴』(一九五五)より

八束の代表句であり、デビュー作とされている。飯田蛇笏、三好達治が激賞したことで知られる。孤島の流人墓地と外界の寒潮との対比に青春期の孤愁、不安の心情をみた佳句である。

1997年2月(高部雅堂撮影)

石原八束

(いしはら・やつか)1919 〜 1998

山梨県生。俳人、随筆家。1937年、飯田蛇笏に師事し、「雲母」に投句。戦後は飯田龍太と同誌編集人。三好達治とも深く交流した。著作に句集『黒凍みの道』(芸術選奨文部大臣賞)、評論『飯田蛇笏』(俳人協会評論賞)など。

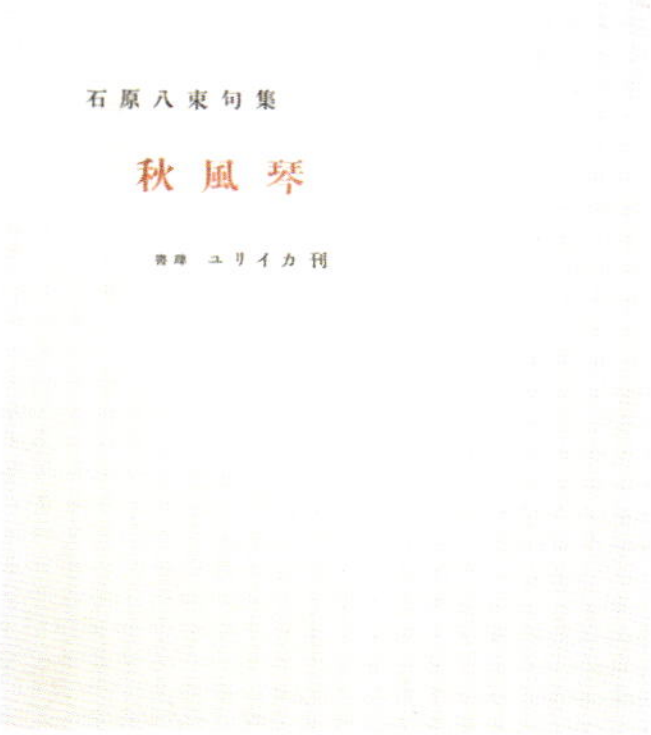

『秋風琴』(一九五五)

水運ニして
似たる林檎
を枯とし

五年六男

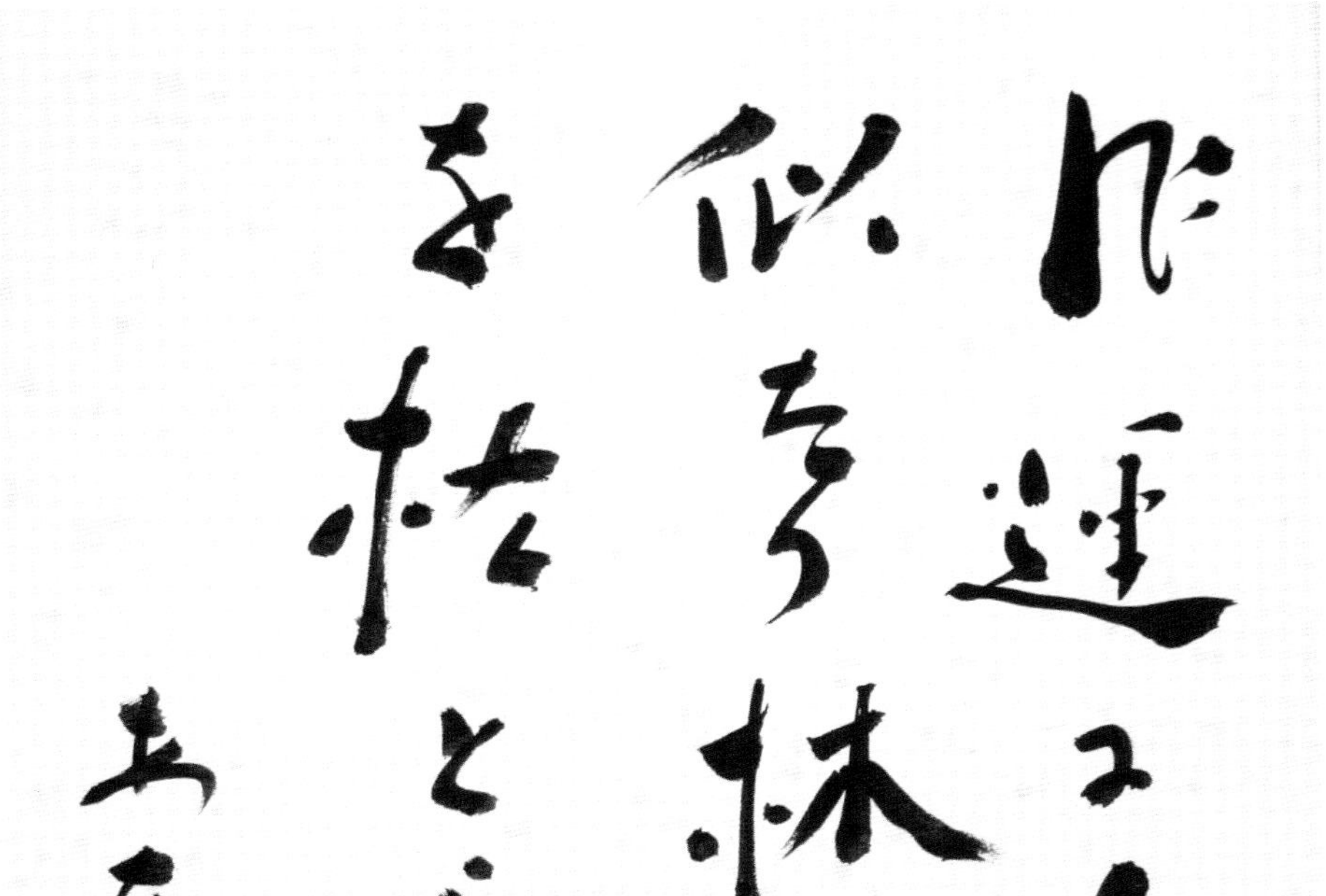

非運にも似たり林檎を枕とし

——安東次男

二七×二四（㎝）

『裏山』（一九七一）より

林檎を枕がわりにして寝ころび、孤独に耐え、まるで非運に遭遇したようだ、と自己を客観視している。ただ、非運にも似たり、だから実際は非運に遭遇してはいないのだが、不遇をかこっていることに変りはない。非運に耐えて、林檎を枕とする、というのでは直接的にすぎて興趣がない。ことさら、「非運にも似たり」と表現したところに安東の技巧がある。

『裏山』（一九七一）

安東次男

（あんどう・つぐお）1919 〜 2002

岡山県生。俳人、詩人、評論家。東大在学中は楸邨の「寒雷」に投句、卒業後は兵役。戦後は「風」に参加するも、49年頃詩作に転じ、駒井哲郎と日本初の本格的詩画集とされる『CALENDRIER』を刊行するなど、詩人として活躍した。

山ざくら来れも咲くさき乃一つ残りて咲き
尓来利たる布見えてふつうきく手折
禮者久平花ちり袙

佐友喜麿

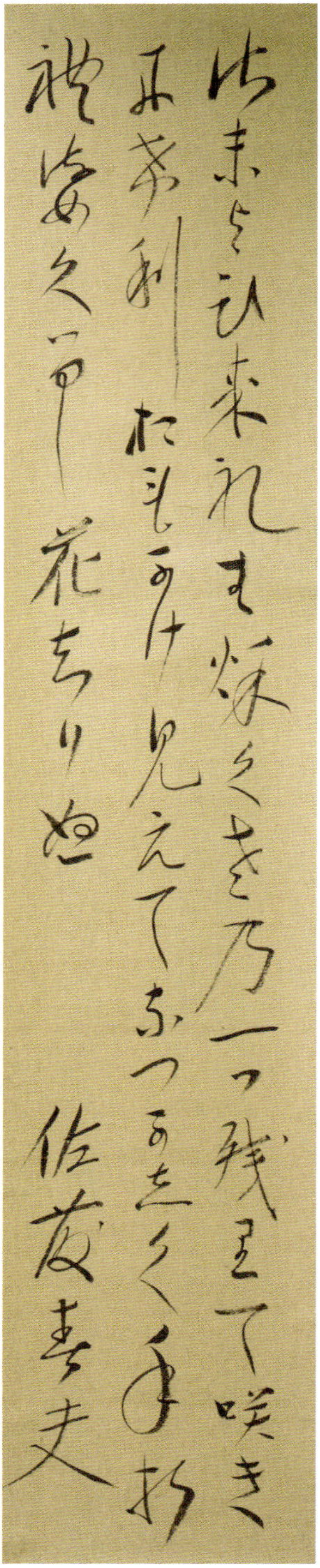

さまよひ来れば秋ぐさの一つ残りて咲きにけり
おもかげ見えてなつかしく手折ればくるし花ちりぬ

――佐藤春夫

一三三×二六（㎝）

『殉情詩集』（一九二一）所収「断章」より

七五調の音数律による古典的作風の抒情詩。ただし、一つ咲き残る秋草にただ恋人のおもかげだけをみるのではなく、「手折ればくるし」とうたって「花ちりぬ」と恋を断念する歎きをうたったことに、一九二一（大正一〇）年刊の『殉情詩集』に収められたこの詩の明治期の抒情詩と違う新鮮さがある。

佐藤春夫

（さとう・はるお）1892 〜 1964

和歌山県生。詩人、小説家、評論家。1910年、生田長江に師事、与謝野夫妻の東京新詩社に入る。16年『田園の憂鬱』を執筆。18年谷崎潤一郎と交遊を始めるも、後に谷崎夫人と苦しい恋に落ちる。『殉情詩集』はこの頃の詩作を多く収める。

『殉情詩集』（一九二一）

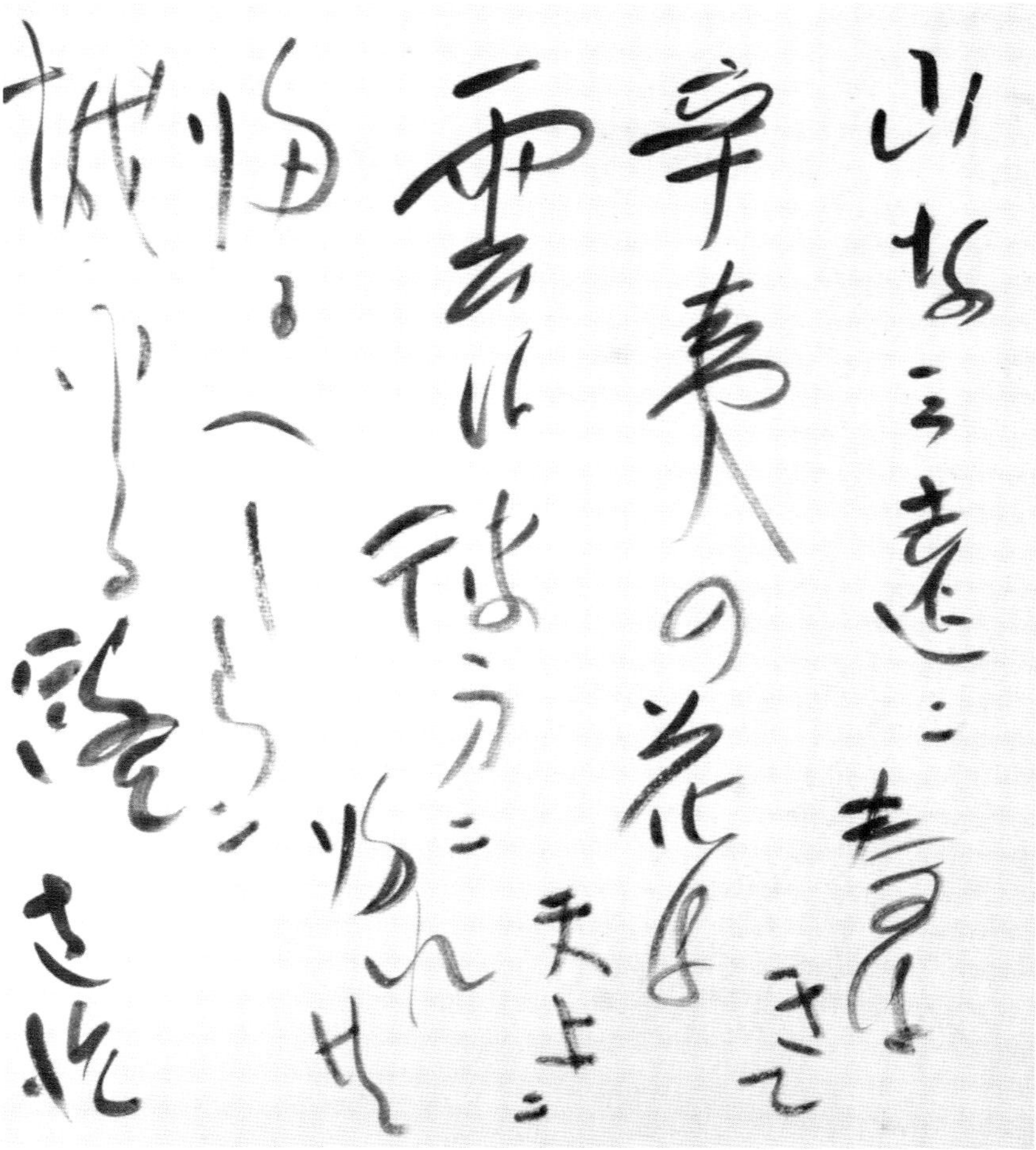

山なみ遠に春はきて
辛夷《こぶし》の花は天上に
雲は彼方に帰れ共
帰るべしらに越ゆる路

——三好達治

二七×二四（㎝）
『花筐』（一九四四）より

萩原葉子作『天上の花』の題を採られた四行詩である。三好達治は戦争下離婚し、萩原朔太郎の妹アイと福井県三国の偶居で同棲したが、まもなく破綻した。「帰るべしらに」は「帰る方向も知らず」の意であろう。「越ゆる路」は越路《こしじ》（越前への帰途）をかけている。典雅な抒情にこめられた不安な心情を読むべきだろう。

三好達治

（みよし・たつじ）1900 〜 1964

大阪府生。詩人、翻訳家。1930年刊行の詩集『測量船』で評価を受ける。34年堀辰雄らと「四季」創刊。27年より交流のあった萩原朔太郎をはじめ、中原中也などを同人に加え、この期の詩壇の主流を担った。ボードレール『巴里の憂鬱』など訳業も多数。

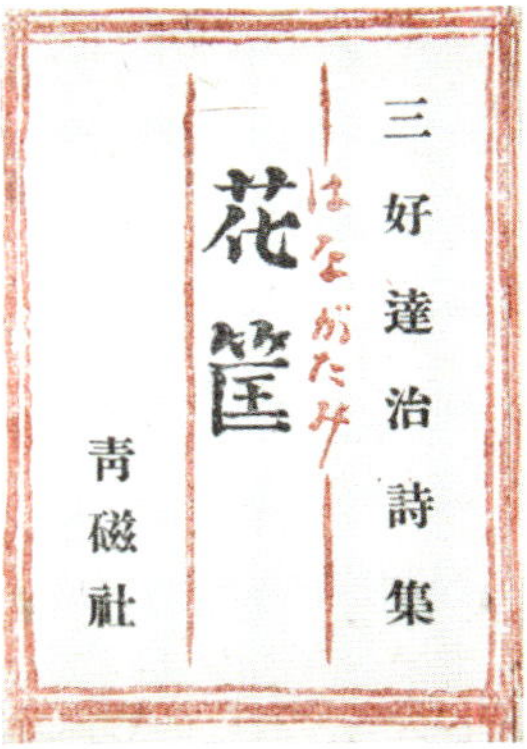

『花筐』（一九四四）

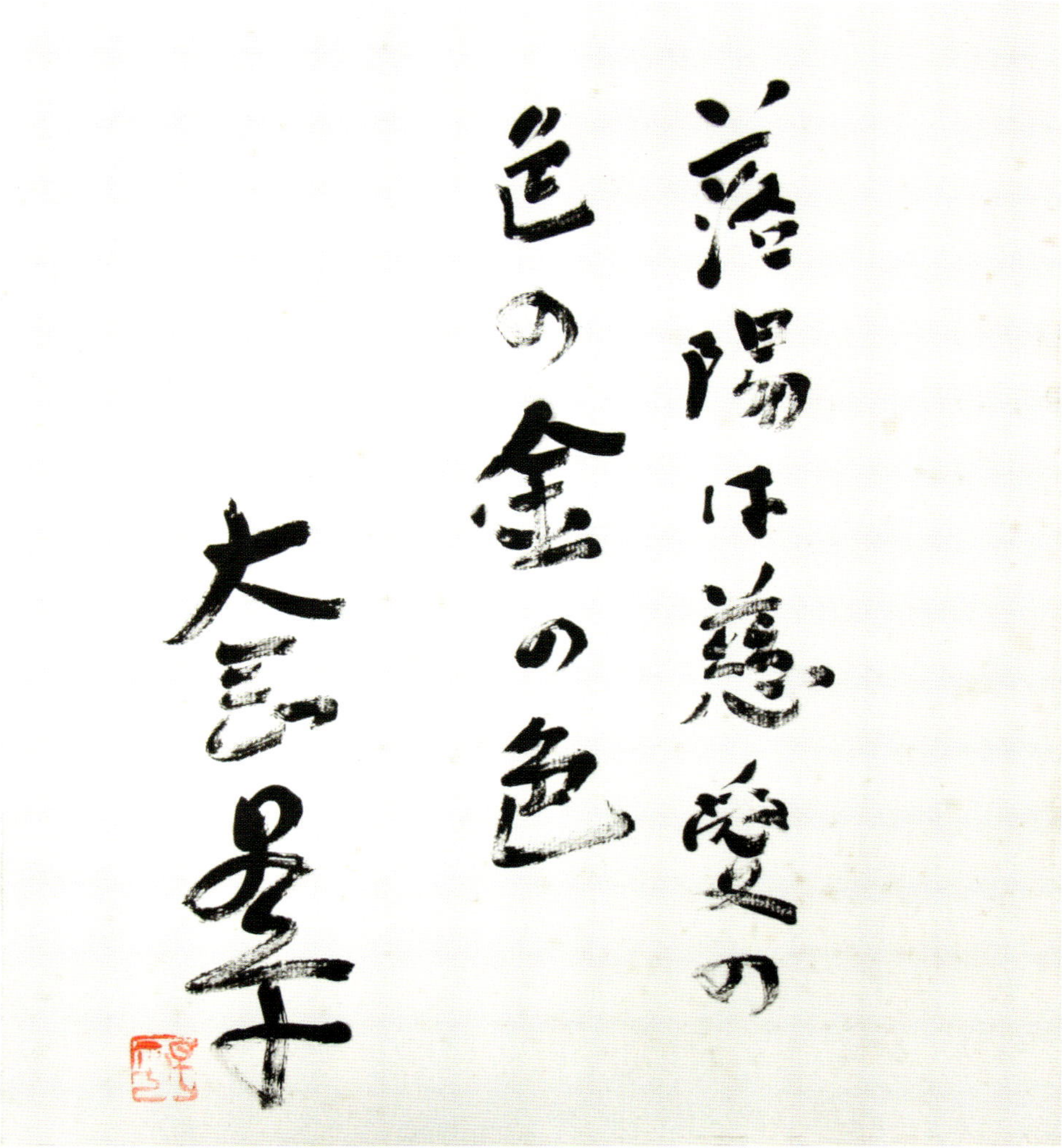
落陽は慈愛の
色の金の色

落陽は慈愛の色の金の色（大岡昇平書）

——中原中也

二七×二四（㎝）

『山羊の歌』（一九三四）所収「夕照」より

大岡昇平は戦争中召集されてフィリピンに兵卒として勤務した。その当時の回想記「歩哨の眼について」中、「憂鬱なる歩哨は中原中也の「夕照」を口ずさむ」「この不幸な詩人の作品中、一番甘いこの詩を昔私が賞めた時、中原がした意地悪そうな眼を思い出した」と書いている。ここに中原の青春があり、大岡が失ったと感じていた青春があった。この色紙はそういう二重の意味で興趣ふかい。

中原中也

（なかはら・ちゅうや）1907 〜 1937

山口県生。詩人。18歳の頃、富永太郎からボードレールやランボーを学び、小林秀雄らと交流を持つ。1929年、河上徹太郎、大岡昇平、安原喜弘らと「白痴群」創刊。第一詩集『山羊の歌』に収録された作品の多くが同誌で発表された。

大岡昇平

（おおおか・しょうへい）1909 〜 1988

東京都生。小説家、評論家。1928年小林秀雄、中原中也と出会う。44年応召を受け、南方へ出征。この時の戦場体験から『俘虜記』『野火』『レイテ戦記』など戦争文学を多く執筆。小説の他、中原中也研究やスタンダール研究も手がけた。

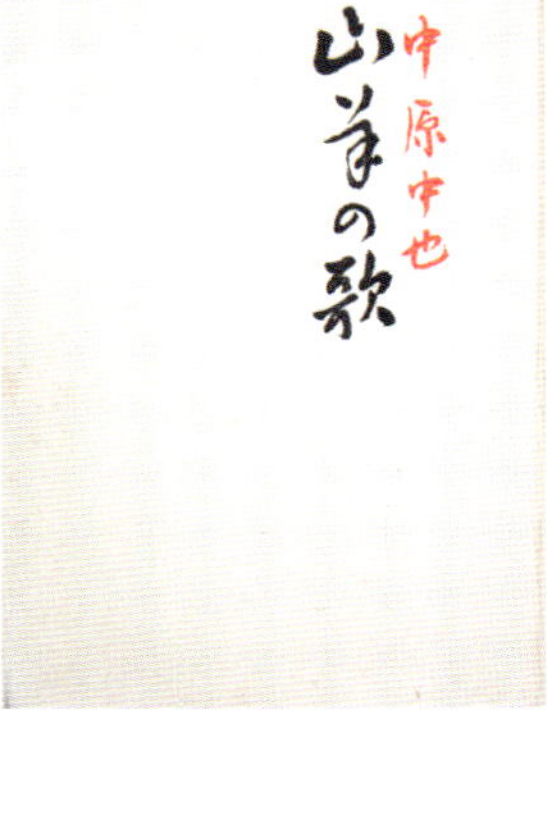

『山羊の歌』（一九三四）

春の川月代さ妻恋か鴨

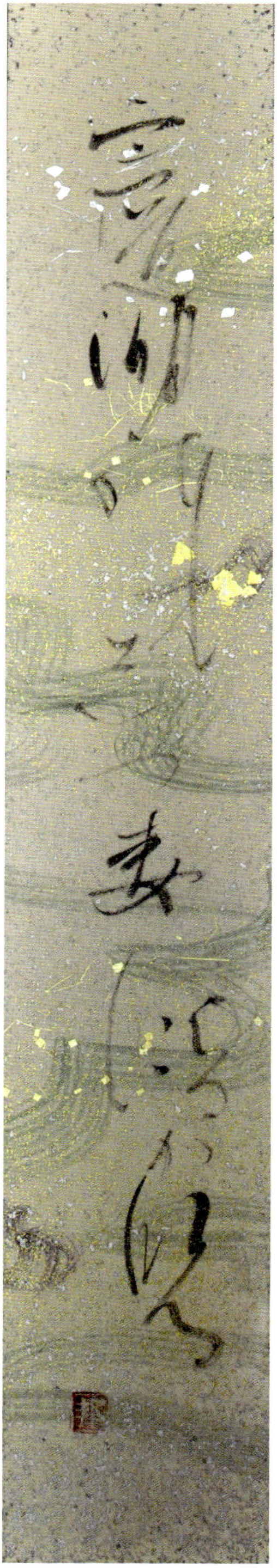

宍道湖のしんじつ妻にはるかなる

——塚本邦雄

三六×六（cm）

『斷絃のための七十句』（一九七三）より

歌人として知られる塚本邦雄の俳句である。「宍道湖のしんじつ」という語呂合わせから「妻にはるかなる」とはるかな距離にある妻を想起する手法は、作者の非凡な才能を示しており、読者をほのぼのとした思いに誘うであろう。

『斷絃のための七十句』（一九七三）

1975年5月、妻慶子と、愛犬の散歩中

塚本邦雄

（つかもと・くにお）1920 〜 2005

滋賀県生。歌人。51年『水葬物語』で歌壇デビュー。「斎藤茂吉に比肩しうる巨星」（小林恭二）とされ、前衛短歌の支柱となる。茂吉鑑賞や俳句領域でも活躍した。主著に『日本人霊歌』（現代歌人協会賞）、『不變律』（迢空賞）、『魔王』（現代短歌大賞）など多数。90年紫綬褒章。

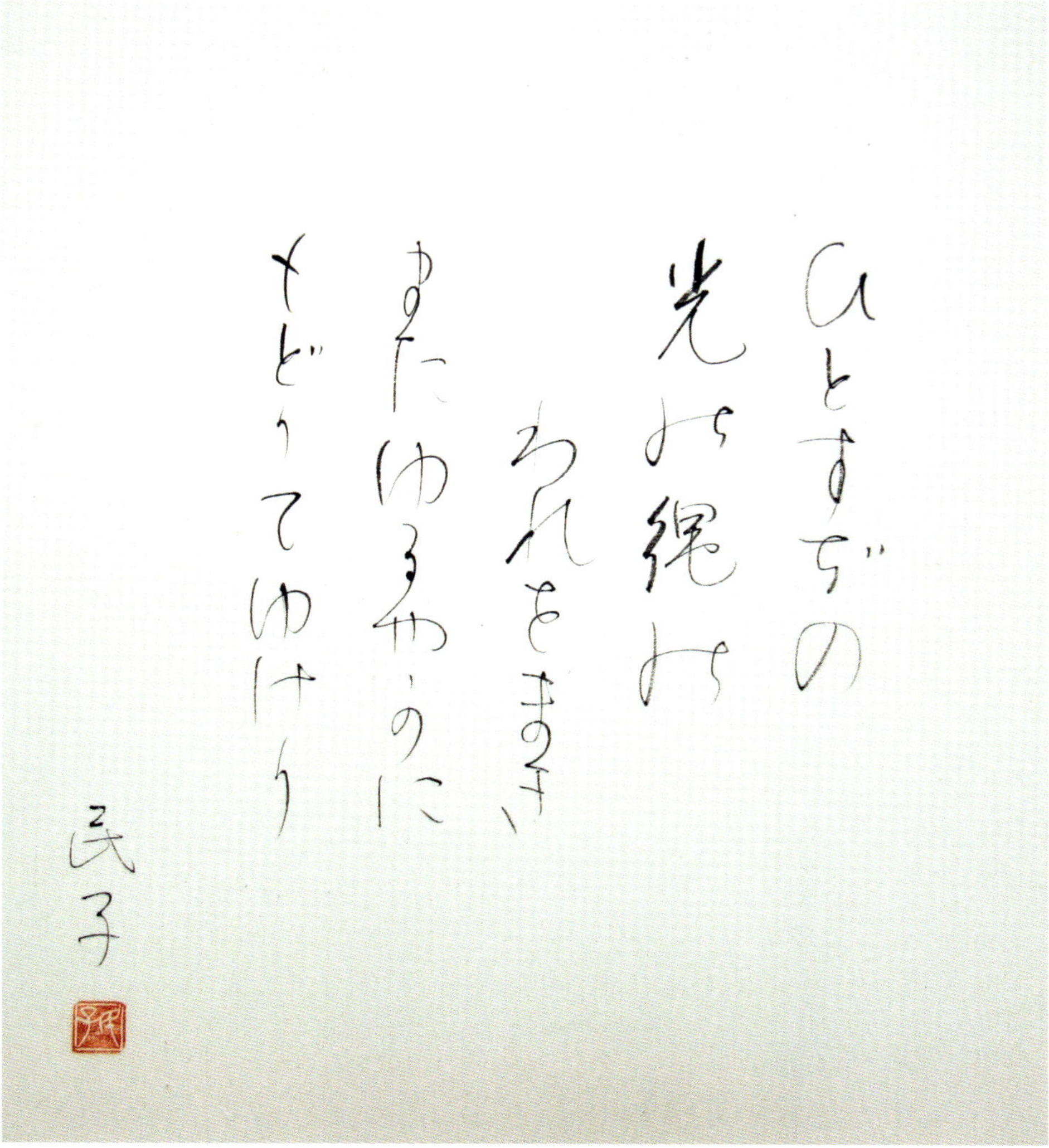
ひとすぢの
光の縄の
われをまき、
またゆるやかに
もどりてゆけり
民子

ひとすぢの光の縄のわれをまきまたゆるやかにもどりてゆけり

——大西民子

二七×二四（㎝）

『花溢れゐき』（一九七一）より

ひとすぢの光の縄は、愛といいかえてよい。愛が私たちをとらえ、私たちを虜囚とし、やがて、ひそやかに去ってゆく、そうした愛のはかなさをうたった作であり、高度の技巧、卓抜な比喩による秀歌である。

『花溢れゐき』（一九七一）

1993年12月、波濤短歌会事務局で

大西民子

（おおにし・たみこ）1924 〜 1994

岩手県生。歌人。学生時代は前川佐美雄に師事。上京後、木俣修に入門、「形成」に参加。木俣逝去後は10年間、同誌発行人を務め、終刊後は94年に「波濤」を創刊するも同年に没。82年『風水』で迢空賞。92年紫綬褒章。

対話

茨木のり子

ネーブルの樹の下にたたずんでいると
白い花々が烈しく匂い
獅子座の首星が大きくまたたいた
つめたい若者のように呼応して

＝

地と天のふしぎな意志の交歓を見た！
たばしる戦慄の美しさ！

のけものにされた少女は防空頭巾を
かぶっていた　隣村のサイレンが
まだ鳴っていた

あれほど深い痛みはそののちも訪れない
対話の習性はあの夜幕を切った

「対話」

――茨木のり子

二五・五×三五・五（㎝）
『対話』（一九五五）より

花と獅子座の星が対話し、地と天とが対話して、ふしぎな意志の交歓を見、戦慄を感じながら、戦争下の少女は防空頭巾をかぶって、そうした天地からはじきだされている。そんな壮麗な対話に少女は嫉妬し、対話する歓喜を覚えたのであった。イメージの美しさと華やかさ、それに対峙する少女の意思が、私たち戦時下に思春期を送った者たちの思いを見事に伝えている。

茨木のり子

（いばらぎ・のりこ）1926～2006

大阪府生。詩人、脚本家。43年に上京、薬学を学ぶ。学徒動員で海軍療品廠就業中に終戦。戦後より詩作を開始、53年川崎洋と同人詩誌「櫂」創刊。童話、翻訳なども手がけ、91年翻訳詩集『韓国現代詩選』で読売文学賞受賞。

『対話』（一九五五）

海女

りんりんと銭投げを止めよ
さうさうと
かなしみゆれる　ゆふぐれの
岩うつ波に瞳をうつせ
見よ
海は海女くくるそこ
うつばりの白きはいかに
いまたそがれ　風あふれくる
舟舷の　きしみしく擦るる
ああ
波に消えてゆくひと
こんぜうの海のときめきに
帆々の風の過ぎへに
沈みゆく肩　あかきくちびる
海はしし　よひの明るさ
なめらかの肌に水沫きて
海そこに波か立つらむ
岬めぐる
新潮　たえて
ひとよ
りんりんと銭投げを止めよ

中村稔

「海女」

——中村稔

三一・六×四〇・八（cm）

『無言歌』（一九五〇）より

一九四四年八月、いいだももと私は大阪で文楽を見、その後金沢はじめ北陸を貧乏旅行した。いいだは旧制一高三年生、十八歳、私は一年生、十七歳であった。三国で東尋坊を見物したとき、数年前まで観光客が貨幣を投げると海女が潜って拾ってくるという余興があったと聞いた。そういう余興に感じた非人間性がこの作品の動機となったのかもしれない。第二、第三連は、いいだの勧めで、だいぶ手を入れた記憶がある。

『無言歌』（一九五〇）

風

夜明けの空は風がふいて乾いていた
風がふきつけて風がうごかなかった
うごかないのではなかった　空の高みに
たえず舞い踊ろうとしているのだった
じじつたえず舞い踊っているのだった
ほそい紐で地上に繋がれていたから
風をこらえながら風にのって
こまやかに平均をたもっているのだった
ああ記憶のそこに沈みゆく沼地があり
滅び去った都市があり　人々がうちひしがれていて
そして　その上の空は乾いていた
風がふきつけて風がうごかなかった
うごかないのではなかった　空の高みに
鳴っている唸りは聞きとりにくかったが

中村稔

「凧」

――中村稔

三一・六×四〇・八（㎝）
『樹』（一九五四）より

私の大学生時代の作。地に繋がれながら、なお舞い颺ろうとするもの、風に翻弄されながらなお平均を保っているもの、呼んでみても誰の耳に届かない言葉を発しているもの。そういう当時の私の心象を凧に託したように思われる。なお、現実に凧を見て書いたわけではない。

中村稔

（なかむら・みのる）1927〜

埼玉県生。詩人、弁護士。日本近代文学館名誉館長、全国文学館協議会会長。67年高村光太郎賞を受賞の『鵜原抄』、76年読売文学賞受賞の『羽虫の飛ぶ風景』をはじめ、『立ち去る者』などの詩集、『宮澤賢治』『中原中也私論』をはじめとする評論、2004年毎日芸術賞、井上靖文化賞を受賞した自伝『私の昭和史』など、著作多数。また、日本初とも言える文学館論『文学館を考える』がある。

『樹』（一九五四）

風ふけばものみな蒼し外明り
実を結ばざる葛の花など

たか子

風ふけばものみな蒼し水明り実を結ばざる蔦の花など

——尾崎左永子

一三五×三五（cm）
『炎環』（一九九三）より

風がふく、すべてが蒼く、水明りだけがたよりなのだが、蔦の花が実も結ぶこともない。そのように私たちの人生は、そして、私たちの青春は去っていく。風がふき、蔦の花が実を結ぶことがなくても、水明りのような仄かな望みを、青春期の私たちはいつも抱いている。

『炎環』（一九九三）

邂逅すべての列車晩夏かな

海の反照をつらぬきゆけり

左永子

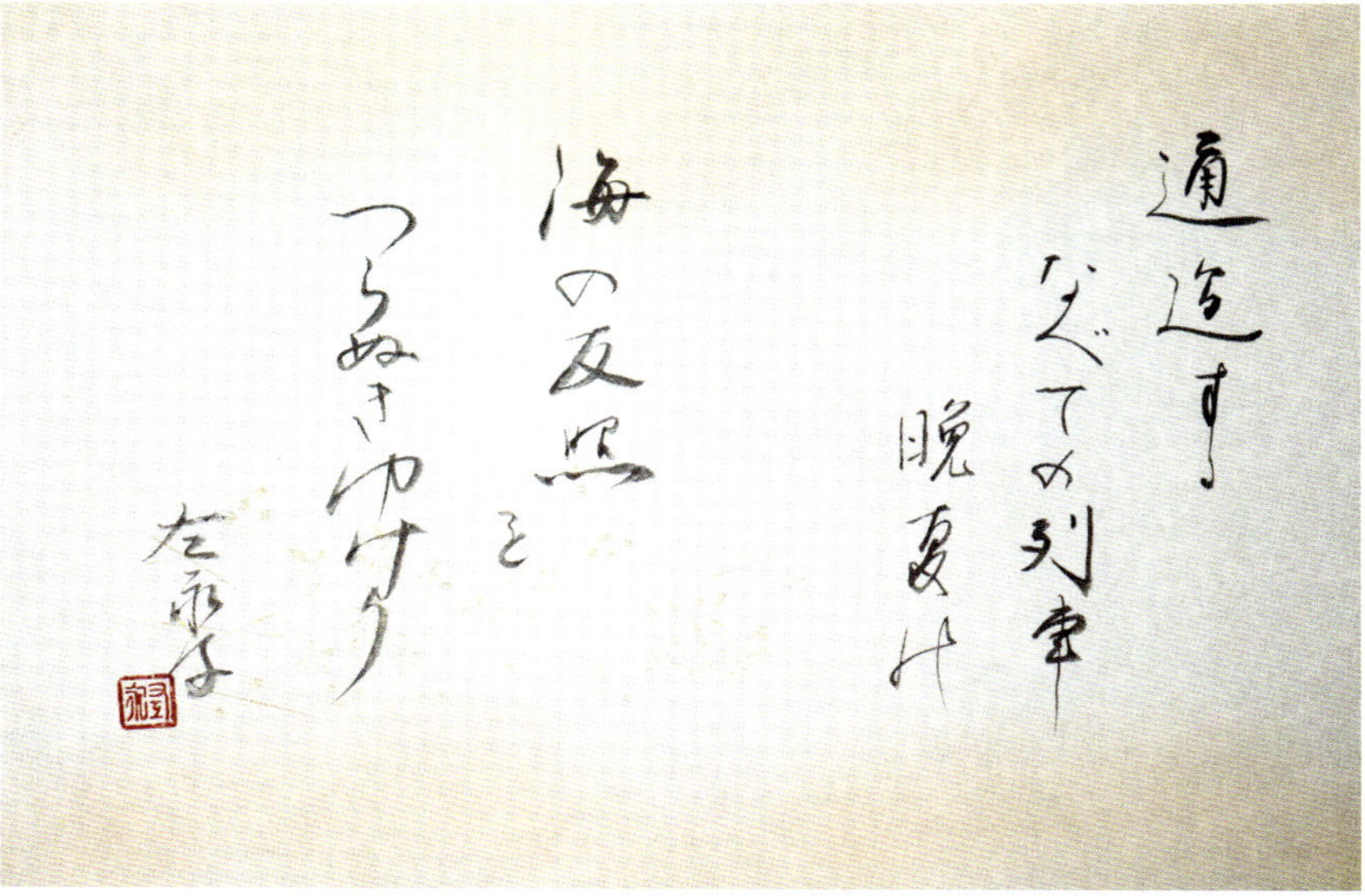

『春雪ふたたび』（一九九六）

通過するなべての列車晩夏の海の反照をつらぬきゆけり

——尾崎左永子

二五×三七（㎝）

『春雪ふたたび』（一九九六）より

晩夏の海の反照を貫いて過ぎゆく列車、それらはことごとく強烈な青春の意思の発光のようにみえる。写生のようにみえるが、青春というものの核心を把《とら》えた作と読むことができよう。

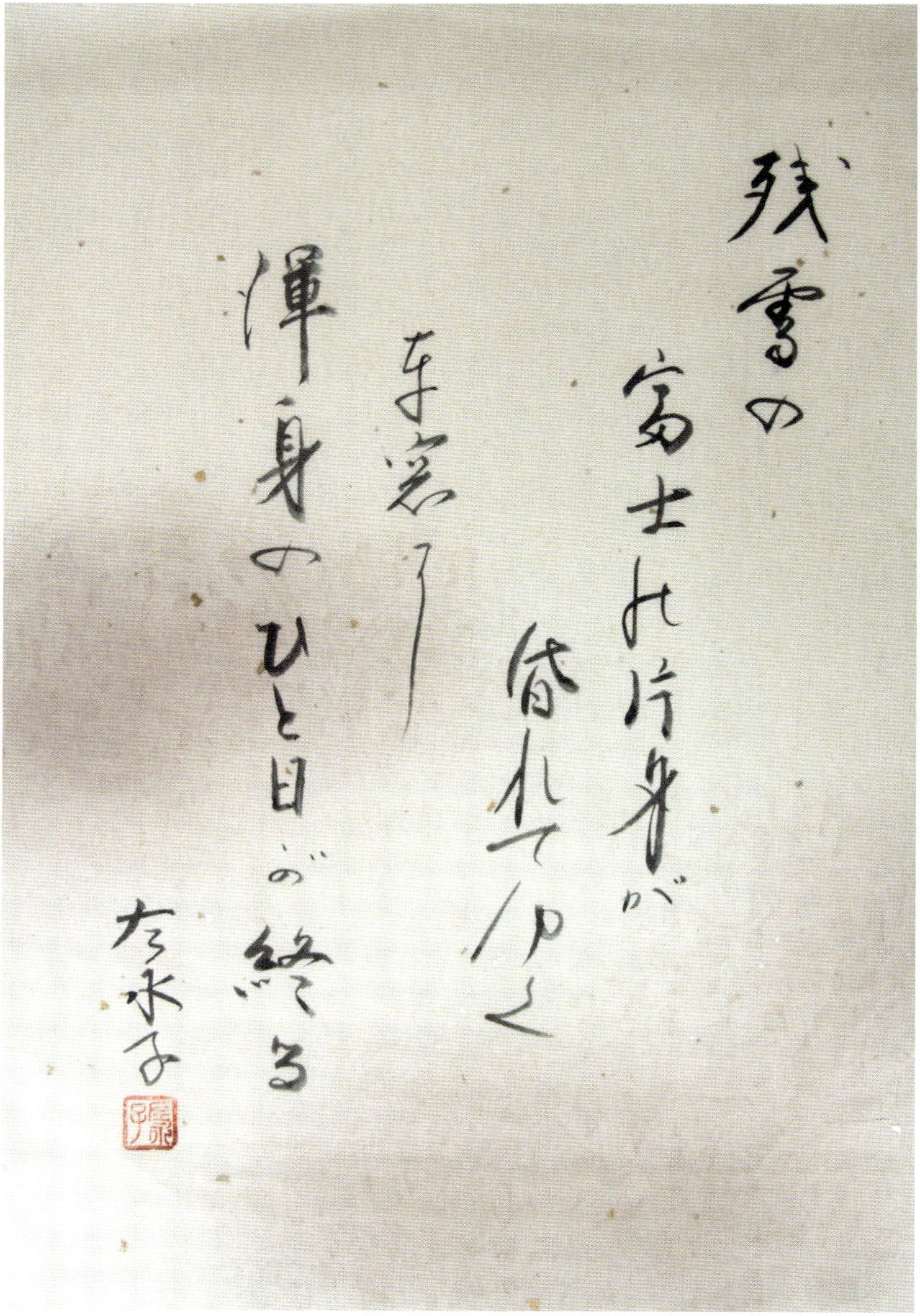
残雪の
渾身のひと日が終る

残雪の富士の片身が昏れてゆく車窓に渾身のひと日が終る

——尾崎左永子

三六・五×二五（cm）

『星座空間』（二〇〇一）より

残雪の富士は半身だけを残して、もう見えない。私は渾身の力をふりしぼって生きてきたが、その一日もいま終るのだ、と作者はいう。たしかに自然がどうあろうと、青春とは力のかぎり私たちが生きる時期なのである。

『星座空間』（二〇〇一）

（吉原幸子撮影）

尾崎左永子

（おざき・さえこ）1927～

東京都生。歌人、作家。歌とことばの雑誌「星座」主筆。大学時代より佐藤佐太郎に師事、45年「歩道」入会。 放送作家、作詞家としても活動のほか、源氏物語を研究。79年『源氏の恋文』で日本エッセイストクラブ賞、99年『夕霧峠』で迢空賞受賞。

あけぼのの墨を言葉にしきしめ、へて
歌ふも舎てや かぎりとやさしも
峯陵

あけぼのの星を言葉にさしかへて歌ふも今日をかぎりとやせむ

——岡井隆

一三七×三五（cm）

『天河庭園集』（一九七八）より

『天河庭園集』（一九七八）

岡井は一九七〇（昭和四五）年、四十二歳のとき、突然、筆を折って九州に去った。五年後に復帰したが、岡井の休筆は戦後短歌史における画期的な事件であった。この作は休筆のさいの作であり、いわば記念碑的な作である。休筆がどんな心情によるにしても、こうした精神の動揺こそが青春の証《あか》しであり、この作のしみじみとした調べは心に迫る。

ひるがへりひるがへりつつ重ね
たる春からだの鎮まねらしむ

隆

ひるがへりひるかへりつつ重ねたる春のからだの鎮まるらしも

——岡井隆

一三七×三五（㎝）

『人生の視える場所』（一九八二）より

戦後短歌を代表する歌人の初期の作品。この作にはセクシュアルな感情が秘められている。そういう奥行のふかさ、厚みがこの作品の読者を感動させるのである。

『人生の視える場所』（一九八二）

岡井隆

（おかい・たかし）1928～

愛知県生。歌人、文芸評論家、医学博士。未来短歌会代表。46年「アララギ」入会、51年「未来」創刊に参加する。83年『禁忌と好色』で迢空賞、95年『岡井隆コレクション』で現代短歌大賞、2004年『馴鹿《トナカイ》時代今か来向かふ』で読売文学賞など受賞多数。

エッセイ

わが青春を彩つたもの

岡井隆

青春といふ言葉の響きは、或る種の甘美さを含んでゐる。しかし、わたしの場合は、もつと地味な、日常的といふか、甘美と共に苦味も充分に含んだ、響きがある。

青春といふ一時期を、十代の後半から二十代の前半のあたりにあてはめてみる。さうすると、わたし（あるいはわたしと同世代の人）の場合、日本の敗戦とアメリカによる占領といふ時期が、特殊な要素として、わが青春に重なつてゐた。

敗戦の時、わたしは十七歳の旧制高校理科の生徒であつた。敗戦と共に、それまでと違つて何でも自由に話してもよい、書いて発表してもよいといふことになつた。それまでの禁忌《タブー》が、一気に解けた。

煙草の火移しつつ佇《た》つ群を去るみじめなり今朝もわが避けられて　『O《オー》』

クローバーの上に数分息はむに又彼がためらひながら寄り来る

かういつた友人との交際は、まるで恋愛の場面みたいだが、男子校の男子だけの寮生活などで絶えずみられた、男同士の愛と嫉妬の場面で、わたしの十八歳十九歳ごろの歌にはこれが多い。小学校を除けば、旧制中学旧制高校、そして旧制大学（医学部）まですべて、男子だけだつた。

異性との間の性と愛の問題が、表現化されるのには、わたしの場合、二つの契機があつた。一つは、二十一歳の時、キリスト教の教会（プロテスタント）で出会つた教会員の女性。二つは、二十二歳で上京後、短歌結社「アララギ」のつき合ひの中で出会つた女性たち。いづれにせよ、異性と話したり行動を共にする年齢としては、現代から見て大へんおそい。感情の処理の未熟さにくらべて、表現力（短歌や散文）は、相対的に、成熟してゐた。このアンバランスもわたしの青春の一つの要素だ。

戦後文学の開放感、その面白さも、わたしの青春にとつては、忘れがたい魅力だつた。わたしは石川淳から入つて行つたが、いわゆる無頼派の文学の影響はつよかつた。

文学の力は、情報としても大きかつた。一例をあげれば戦時下で「木石」を書いてゐた舟橋聖一が、戦後「雪夫人絵図」だつたか、ポルノグラフィツクな作品を書くことになる。田村泰次郎とか、なかなか魅力ある作家も多かつた。文学が、今のやうに衰へてしまふ前の時代で、小説にしろ、評論にしろ、それは人生の生き方を左右しかねない情報源だつた。

わたしは、教会や短歌結社を通じて、直接、性や異性について知る前に、豊富な情報を、まだ見ぬものについての情報をえてゐた。そして、やがて、実物に接して、情報と現実の差を知ることになる。この点は、〈思想〉といふものの存在についても相通ずるものがあつた。文学と同時に〈思想〉の所在を知つた。この〈思想〉つて奴も、マルクス主義にしても、キリスト教にしても、文書を通じて、あるいはその人の講演を聴くことによつて、強い打撃を、わたしの青春の只中へ、打ち込んだ。

新鮮で、魅力ある大思想が、構造主義以来消えてしまつてゐる現代では、理解しにくいことになつてしまつてゐるが、実は文学とか思想は、あのころ、とてつもない力をもつて若者を捉へたのだ。今の若者たちよりも、はるかに後れて青春を味はふことになつたわたしに、もう一つの、特殊性があつた。それは、地方から東京へ出たといふことだ。手早くいへば上京といふことだ。

わたしの故郷は名古屋である。新幹線のある今からは考へられないほどの遠さに東京はあつた。東京は異郷であつた。わたしが二十二歳（一九五〇年）に慶応義塾大学医学部に入学して上京し、その秋から代々木山谷（旧い呼び名）の素人下宿に三年ほど住んだ。もしも、名古屋大学（そこも合格してゐた）に入つたと仮定した時、わたしの青春には、大きな違ひが生じてゐたろう。慶大に行くか名大に入るか、この選択のため、父や父の友人が集つて合議した。それは、大学の性格を比較したのではなかつた。東京といふ、異文化圏に行くか、それとも生まれ故郷にとどまるか、大きな決断だつたのだ。

東京は、食生活も、言語も、名古屋とは違つてゐた。味噌汁の色も味も違つてゐた。それまで食べたことのなかつた納豆といふものを食べさせられた。

わたしのことばのイントネーションは、笑ひの対象になつた。そんな中で、東京といふ文化圏に次第になじんで行つた。東京語を覚えるのも、わたしは割と早かつた。

しかし、その後勤務した病院の看護婦（今でいふ看護師）さんで東北出身の人など、言葉の違ひのため、無口になつてゐた。

わたしの青春は、東京文化圏にだんだんなじんで行きながら、東京の人（女人も含む）とつき合つて行くことによつて、また違ふ色に染められることになつた。

①敗戦による禁忌の（見かけ上の）消滅。

②戦後文学の大きな影響力。
③思想の、大きな存在と影響力。
④おくれて来た異性との接触。それは、男子校を長く経験したあとに、やつて来た。
⑤上京。東京といふ異文化圏との接触。

かういつたさまざまの要素が、この後れて来た青年を、いろどり、たくさんの歌や散文を作らせたのだつた。

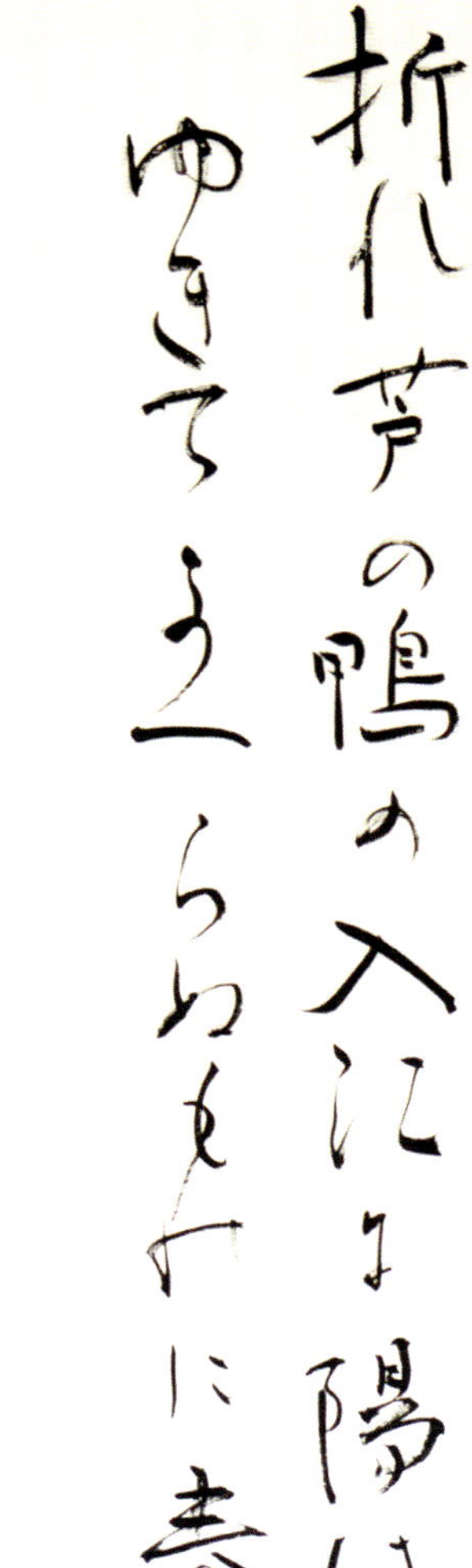
折芦の鴨の入江は陽さして
ゆきてかへらぬものに春来る
あき子

折れ芦の鴨の入江に陽はさしてゆきてかへらぬものに春来る

——馬場あき子

一三八×三五（cm）

『桜花伝承』（一九七七）より

叙景のようにみえる一首だが、「ゆきてかへらぬ」にこの歌の眼目がある。この歌はゆきてかへらぬ青春を風景の中にみた絶唱といってよい。

『桜花伝承』（一九七七）

馬場あき子

（ばば・あきこ）1928 〜

（荒木雅彦撮影）

東京生。歌人。朝日歌壇選者。短歌結社「かりん」主宰。47年、窪田章一郎に師事。86年『葡萄唐草』で迢空賞、93年『阿古父』で読売文学賞を受賞したほか、評論『鬼の研究』などの著書、新作能なども手がける。

エッセイ

青春への挽歌

馬場あき子

折れ芦の鴨の入江に陽はさしてゆきてかえらぬものに春来る

青春とは何だろう。太平洋戦争に敗れたぼろぼろの日本の夏、私は十七歳だった。家も焼けて、焼け残った家に二世帯同居で入れてもらい、瓦礫を片付けて耕してその日その日を食べてゆくしかない暮らしの中に、青春などという言葉はなかった。

雨が降れば穴が空いていない靴をはきたいと思い、晴れた空の下では新しい木綿のブラウスがほしいと思うくらいで、生活に追われる敗戦の現実をいやというほど体験していたのだ。しかもアメリカという未知の世界は圧倒的な力をもって日常生活の変革を求めてきた。教科書に墨をぬって過去の思想を否定し、そのぶん新しい思想に過敏になったのは小学生ばかりではない。

私は二十歳ですでに教師となり、生徒とともに「新しい憲法」を読み、それを正当とする思想の中でさまざまな活動に参加した。幾つかの恋愛も通過したが、それが青春だったとはなお納得できない何かがくすぶりつづけていた。嫁いだ家には舅と姑とその姑が一緒で、私はそこに同居しつつ勤務校に通っていたという方が適切である。

戦後の教員組合はどこも多少過熱ぎみであった。私もまたその勉強会などに触発されて、遮二無二読んだ本の数々から、思想や信念によって行動する美学を身につけていった。ただ、私には敗戦の翌年から憑きものに憑かれたように熱中することになった能という芸能があって、これはどうも過去の遺物として壊滅しそうな危うさだったので、私の行動はつねに二極に分かれ、その間を激しく往来《ゆきき》していただけだったのかもしれない。こういうわけで私が自ら青春とよべそうな時期は、遅れに遅れてやってきた三十代の十年ほどがそれに当たるかと思われる。

そうした青春感は幾つかの偶然の出会いや重なりから生まれた。六十年安保とよばれる闘争が広がったころ、勤務校にはよき指導者がいて、私は毎日のようにデモに出ていたが、その帰りには能の稽古場が待っていて、わが師は何故か私に能「巴」を舞わせようとしていた。敗戦の戦場を離脱して、「木曽軍記」の語り部となるべく故郷に帰ってゆく女の能である。そしてその物語どおりに私も熱心に参加した安保闘争は敗れ、組織は幾つにも分裂していった。その時の暮れ、若い友人の一人であった国学院大学の学生、岸上大作が自裁し、うら若い愛と闘争の敗北に自ら決着をつけた。歌集『意思表示』一冊が墓標のように残った。私は押し移る状況の中に砂の一粒でさえもない自分を見出しつつ、古典を専攻したことも疎かにしていたし、能の勉強も曖昧で、何よりも作歌活動を疎かにしていたことに深い悔いが湧いた。ただ連日のデモの中で激していたことが恥ずかしかった。少なくとも岸上の情熱は死ぬほどの絶望と葛藤して苦しんでいたのだ。

私は友人のすすめによって、鬼をテーマにしたお芝居をかいたり、依頼があれば「鬼」の講話をしながら方途の定まらぬ日々を送っていたが、その頃、能のわが師は、今度は「葵上」という、六条御息を主人公とする鬼の能を舞わせてくれた。恋に敗れた怨霊の鬼が、凄まじい般若の面《おもて》となりながらその怨念の中で悟りに至る能である。不遜なことだと思いながら、時代に捨てられた私にはその頃の心境と重なるものがあった。情念という古めかしい言葉に新鮮な力があることを発見した。情念を論理化するのはむずかしくても、情念が発生し、活動力を持つ状況には魅力的な論理がある。鬼について何かかいてみたいと思いはじめたのもその頃だった。

すこやかともいえない青春をたどる回想が長くなったが、「折れ芦の鴨の入江」の情景は、私にとって目新しいものではなく、むしろ釣り人の父と釣りに行った水辺のどこにでもあった情景である。原郷のようななつかしさで、いつでも思い描くことができる。殊に東京近郊の多摩川は子供の頃からの馴染の川で、鴨の種類の多さも抜群であった。三月、その鴨がことごとく北帰してしまうと、川は一度にさびしくなる。

その塒《わくら》があったあたり、折れ芦の捩れあったあたりに、明るい日差しがすうっと差込むと、その枯れ色はいっそう侘びしい。だがその根本にはもう若緑の新しい芽が伸びはじめている。季節は着実にすすんでいるのだ。また鴨が来る頃、私は何をしているだろう。先ゆきのことを思うと、もう二度とかえることのないそのころの、沸き立つような歳月のことが思われた。これからは、何でもない歳月の春秋が繰り返されるのではないかという不安が湧き、かえって心が緊るのを覚えた。人生が終わったわけではないのに、青春という時間がはるか彼方に行ってしまったようなさびしさにとらえられた。ここに書いた歌はそうした私の青春への挽歌である。

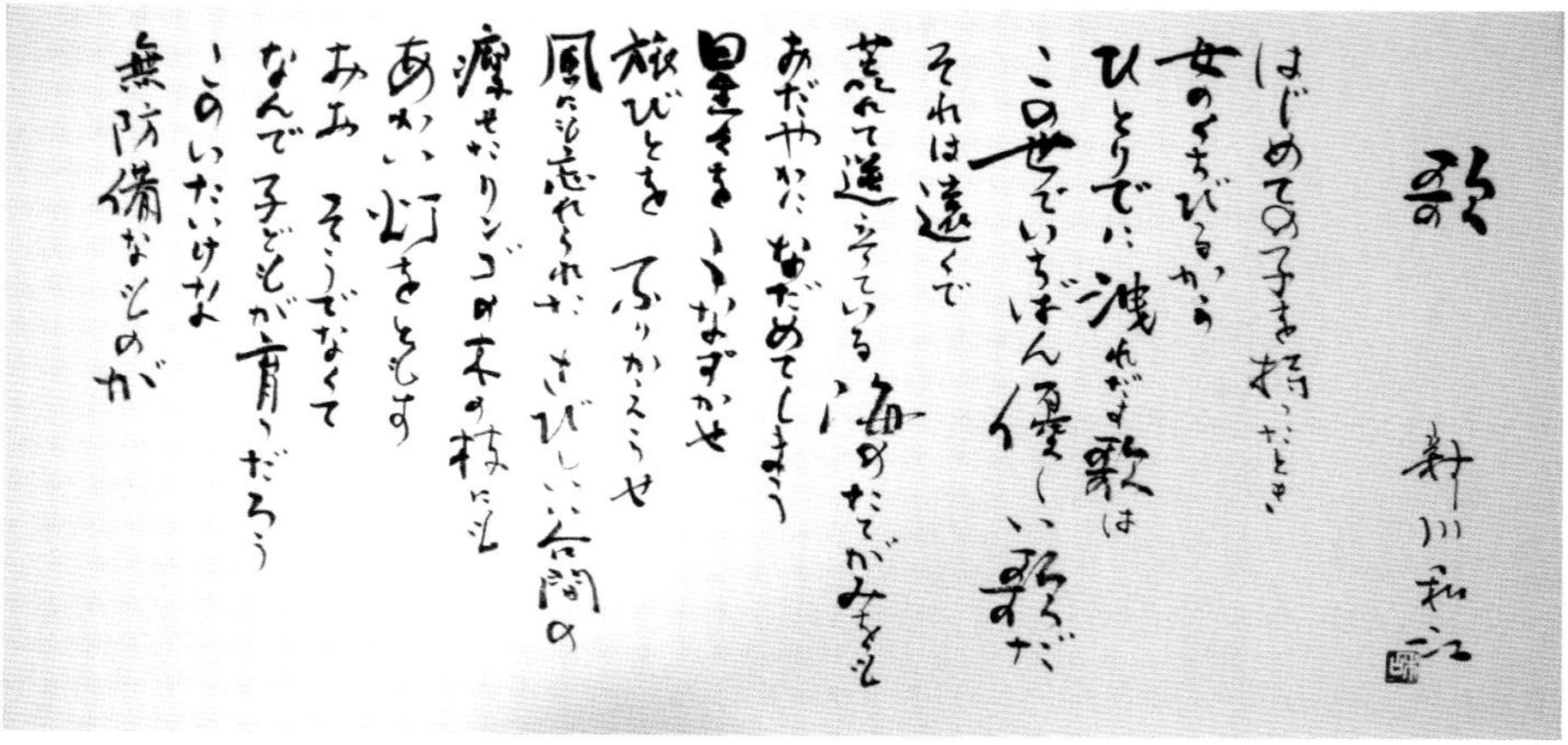
歌
新川和江
はじめての子を持ったとき
女のくちびるから
ひとりでに洩れだす歌は
この世でいちばん優しい歌だ
それは遠くで
荒れて逆立っている 海のたてがみをさえ
おだやかに なだめてしまう
星々を うなずかせ
旅びとを ふりかえらせ
風たちに忘れられた さびしい谷間の
瘦せたリンゴの木の枝にさえ
あかい灯をともす
ああ そうでなくて
なんで子どもが育つだろう
このいたいけな
無防備なものが

「歌」

——新川和江

三五×七一（㎝）

『土へのオード13』（一九七四）より

嬰児をもった母親の作である。子をもつことも青春の一つのかたちであり、「いたいけな／無防備な」者に注ぐ愛の歌もまた青春の詩である。

『土へのオード13』（一九七四）

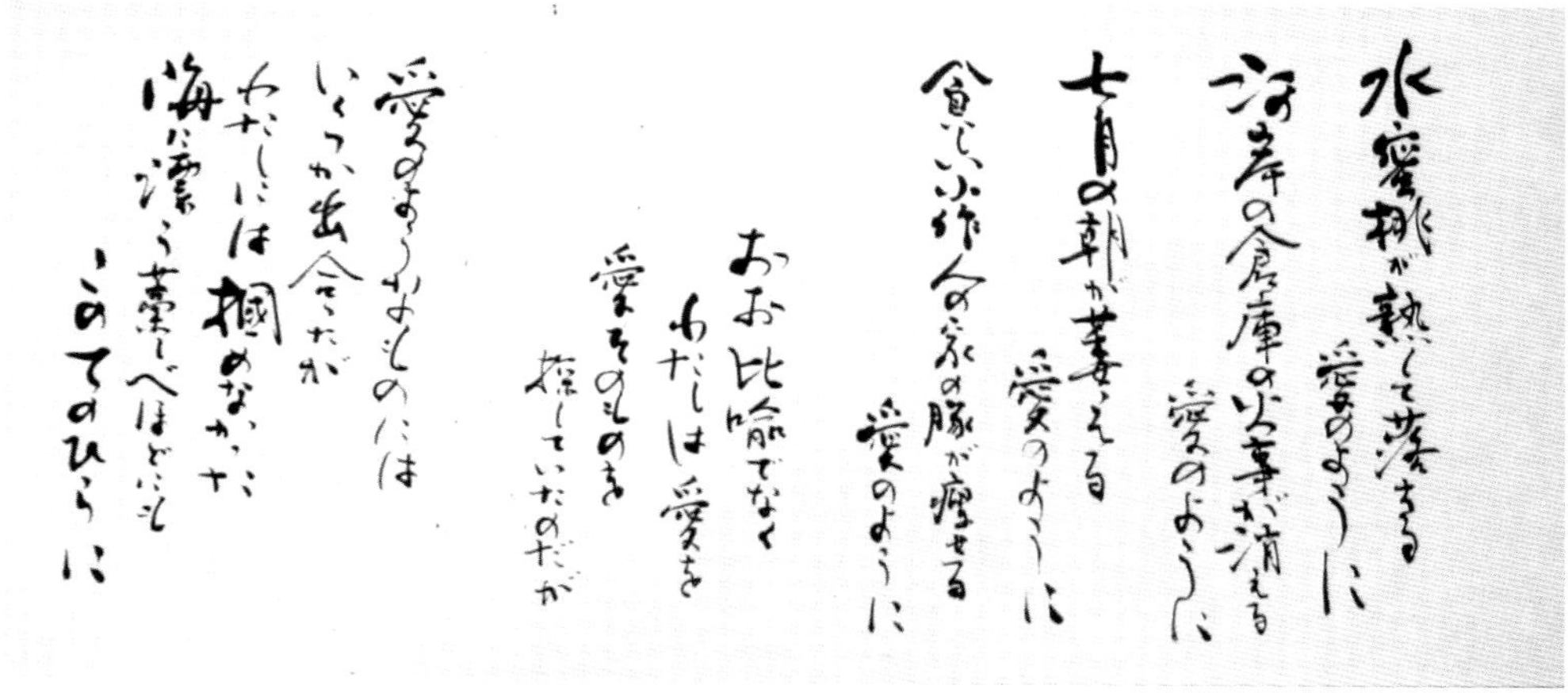
水蜜桃が熟して落ちる
愛のように
河岸の倉庫の火事が消える
愛のように
七月の朝が萎える
愛のように
貧しい小作人の家の豚が痩せる
愛のように
おお比喩でなく
わたしは愛を
愛そのものを
探していたのだが
愛のようなものには
いくつか出会ったが
わたしには摑めなかった
海に漂う藻しべほどにも
このてのひらに

「比喩でなく」——新川和江

三三・五×一四七（㎝）

『比喩でなく』（一九六八）より

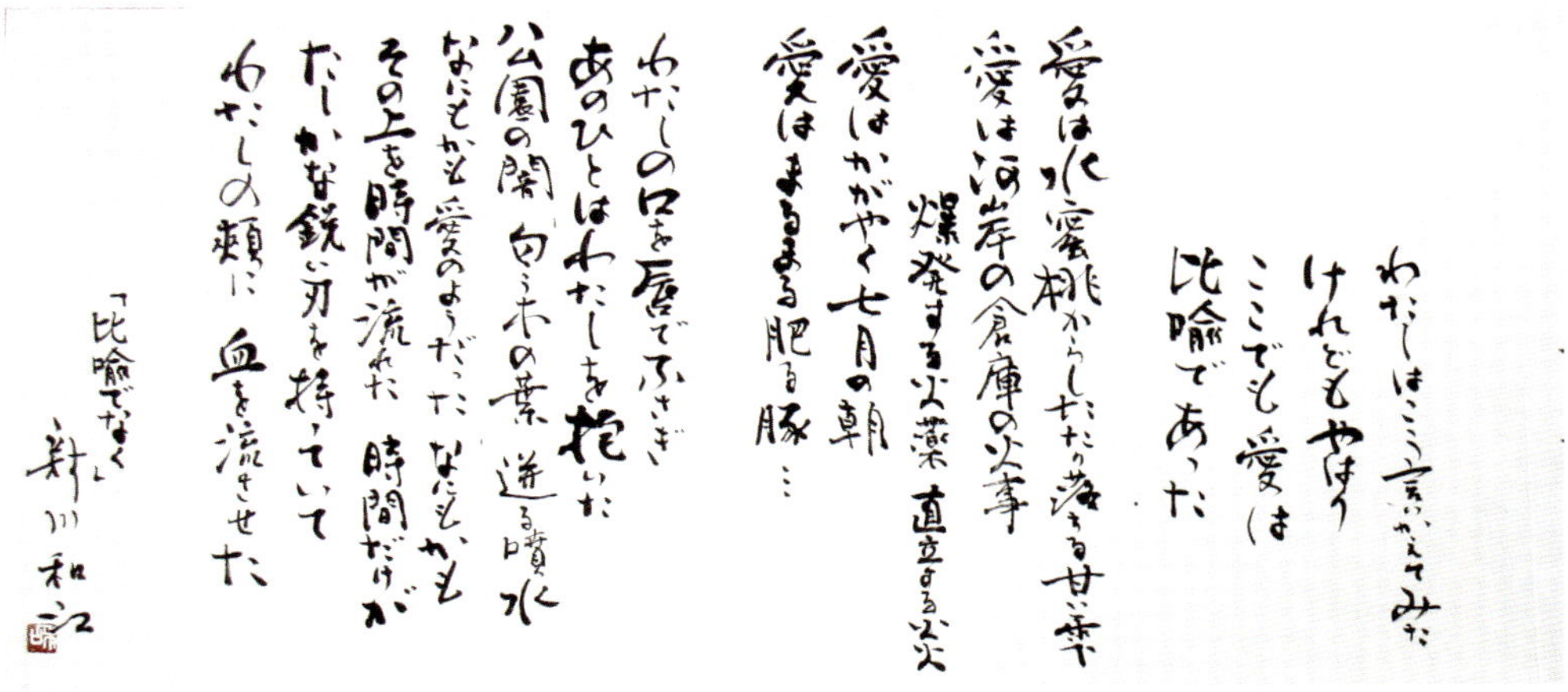

わたしはこう言いかえてみた
けれどもやはり
ここでも愛は
比喩であった
愛は水蜜桃からしたたり落ちる甘い雫
愛は河岸の倉庫の火事
爆発する火薬 直立する炎
愛はかがやく七月の朝
愛はまるまる肥る豚……
わたしの口を唇でふさぎ
あのひとはわたしを抱いた
公園の閑 白い木の葉 迸る噴水
なにもかも愛のようだった なにもかも
その上を時間が流れた 時間だけが
たしかな鋭い刃を持っていて
わたしの頬に 血を流させた
「比喩でなく」
新川和江

これは戦後詩の中の傑作の一である。女性詩人の多くの秀作の中でも特に注目されてよい詩である。比喩でなく、「愛」を規定できるか。作者は「愛」をさまざまの比喩で語ったあげく、「なにもかも愛のようだった」といい、「時間だけが／たしかな鋭い刃を持っていて わたしの頬に血を流させた」という。おそらく愛が熟するには時間が必要であり、時間は私たちを傷つけずにはおかないのである。

『比喩でなく』（一九六八）

どれほど道を刈りつづけたら
あの地平線は見えてくるの？
どれほど重い車を引いたら
あの曙へ引越しできるの？
どれほど高く跳びあがったら
高貴なつばさが芽生えてくれるの？
どれほど苦い涙を流したら
あの潮騒にまじり合えるの？
どれほど強い火で煮つめたら
あの皿によそえるように血は凝るの？
どれほどのどをひき裂いたら
わたしの歌《うた》はあの耳にとどくの？

「どれほど苦い…」
新川和江

「どれほど苦い…」

──新川和江

三五×五〇（cm）

『比喩でなく』（一九六八）より

わたしのあの人への思いはノドをひき裂くほど歌っても届かないのではないか。ちょうど地平線を見たり、曙に出会うことが難しく、翼をもち、涙が潮騒にまじり、火で血を煮つめることができないように、とうたう。愛の不安とおののきを多様なイメージでたくみに語った作。

新川和江

（しんかわ・かずえ）1929～

茨城県生。詩人。1944年、下館町に疎開中の西条八十に師事、雑誌「蠟人形」に投稿。83年吉原幸子と季刊詩誌「現代詩ラ・メール」創刊、女性詩人の活動を支援した。『ローマの秋・その他』で室生犀星賞、『ひきわり麦抄』で現代詩人賞、『はたはたと頁がめくれ…』で歴程賞など、受賞多数。98年、児童文化功労賞。

エッセイ

「比喩でなく」の頃

新川和江

正確な語法にしたがえば、「比喩ではなく」となるのであろうけれど、言葉は約めて用いたほうが、残された言葉がスクラムを組んで力むので、衝撃力が強くなる。たった一文字のことだが、そのような考えから敢えて「比喩でなく」としたのだった。初出はネオ・リリシズムを標榜する同人詩誌の「地球」40号。同題をタイトルに据えて詩集を自費出版したのは、それより三年後の一九六八年。私はすでに三九歳になっていて、〈青春の詩歌〉の仲間入りをさせて頂くのは、いささか気恥ずかしい。しかしこの詩集には、ほかにも「ふゆのさくら」や「わたしを束ねないで」「母音」など、中・高校の国語教科書その他に現在も使用されている作品が収録されており、私の詩作生活の中でもようやく迎えた充実の時期で、その見地からすれば、〈詩作の青春〉と呼ばせて頂いても、よいかも知れない。

その頃わが家は山手線エビス駅に近い高台にあり、交通の便がよいところから、詩人たちが誘い合わせて坂道もいとわず登ってきては、談論風発・夜の更けるのも知らぬ有様であった。当然、「比喩でなく」も俎上に載せられ、アルコールも入って何や彼やとかまびすしい事であった。「比喩法の見本帖のような詩だね」とのっけに評されたのは、レトリックの名手として名を馳せておられた安西均さんだった。「詩の教室で重宝させて貰っているよ」とのこと。男女の愛をモチーフにした詩なのだけれど、修辞が先に目につくようでは、失敗作であろう。けれど比喩表現に凝っていた時期でもあるので、さほど気落ちはしなかった。「愛なんてするもんであって、書くもんじゃないよ」と傍らでぼやいていたのは、どなたであったか。

ご説ご尤もではあっても、そう言ってしまったのでは、身も蓋も無い。

「新川さん、あなたは日本のハイネにおなりなさい」品格のある文字でお便りをくださった、井上正蔵氏の一行がしきりに思い出された。当時私は古今東西の詩の中から、テーマ別に選んだアンソロジーを五冊、某社の企画で出版していて、それは合わせてミリオンセラーの成果を上げていたから、多くの詩人や翻訳者の知遇を得ていた。ドイツの詩人ハインリッヒ・ハイネの詩の翻訳者である井上氏は、私の編集意図の良き理解者であり、私の個人詩集にもよく目を通してくださっていた。NHK・TVの教育番組でハイネが取り上げられた時にも、自由に語るよう単独で出演させてくださった。青春は去り、ハイネも遠くなったが、わけても「告白」と題された詩の愛情表現は圧倒的で、忘れがたい。その後半の部分――〈いま　ぼくは手に力をこめ／ノルウェーの森のいちばん高い樅を引きぬき／エトナの山の煮えたぎる／火口にそれを浸し／火をふくむ巨大な筆にして／暗い空のおもてに書こう／「アグネス　あなたを愛す」……〉

厳密には暗喩であろうけれど、この表現は観念ではなく行為を示していて、まさに「比喩でなく」である。中国流に評すれば白髪三千丈。地球の西側にふん張って立って、天を支えているアトラスでもなければ、とても太刀打ち出来ない。

これほどの詩を書きながらも、ハイネは失恋ばかりしていたらしい。得恋したら、詩は必要としない。森の野鳥だって、相手を得た鳥は、もう啼かない。

ところで、愛とは何なのだろう。敗戦という未曾有の体験を境に、現代詩は、うたう詩から考える詩へと移行の時代を持った。ナイーヴに囀ることが出来なくなって、首をかしげ、考えはじめた時から、男女が牽き合うエロスでさえ、哲学的な観念に変身する。それはどのようなものか、このようなものだと、目にも見え、手でも触れるように言い表わすためには、よそから具象的な事物を借りてきて、作中に搬入するという労をとらねばならない。つまり、直喩と暗喩。この作業をすると、詩の中の風景がにわかに賑やかになり、いきいきと活気づいてくる。それも、手近な事物で間に合わせず、出来れば地球の裏側ほど遠い場所から運んできて作中に据えると、思いがけない新鮮なイメージが現出して、効果を上げる。〈河岸の倉庫の火事〉くらいでは、到底ハイネの「告白」には及ばない。

想像力を駆け回らせて、比喩の材料探しをしている時が、詩作の一番たのしい時間だ。にもかかわらずこの作品では、〈おお／比喩でなく／わたしは　愛を／愛そのものを探していたのだが〉と駄々をこね、焦れている。比喩をいくら並べてみても、それは目で見え、手で摑めるものではないのだよ、と諭すように、男は女の口を唇でふさぐ。

昔あの詩を愛誦しました、と言ってくださる方々に、半世紀近くを経た今でも、時折出会う。比喩の部分が面白かったのではなくて、たぶん、摑みがたい愛に焦れていらした若い日のご自分を、思い出しておられるのだろう、と微笑してうなずくことにしている。

第三部

戦後復興期・高度成長期の世代

解説・中村稔

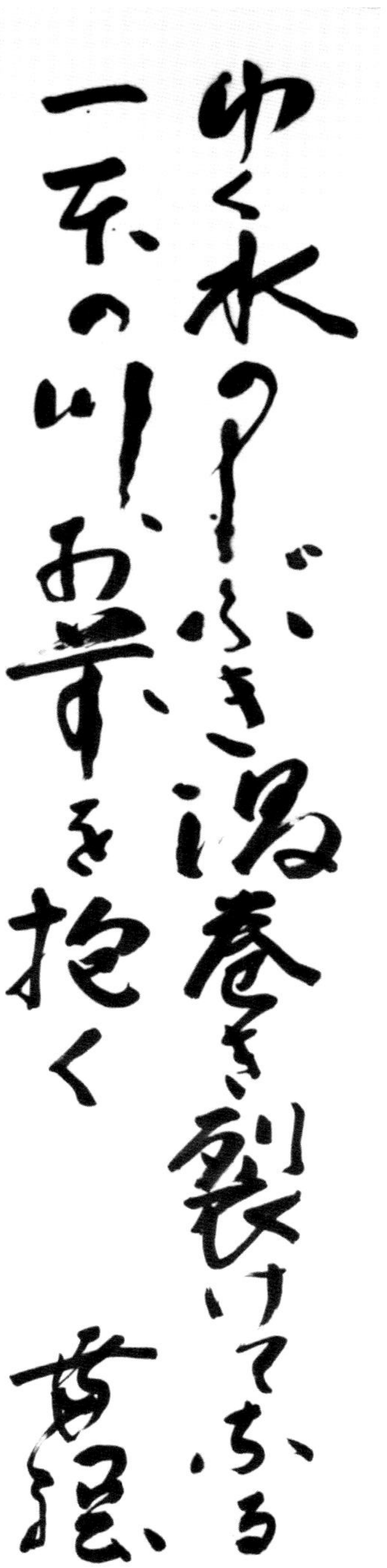
ゆく水のしぶき渦巻き裂けてちる

ゆく水のしぶき渦巻き裂けてなる一本の川、お前を抱く
——佐佐木幸綱
一三四×三五（㎝）
『夏の鏡』（一九七六）より

現代歌人の中で最も男性的な作風で知られる作者の一連の妻への愛をうたった作中の一首である。「ゆく水のしぶき渦巻く」のは作者であり、そうした激情の川が「お前」を抱くのである。愛とは愛しいだけではない。激しい感情であることをこの作は教えてくれるであろう。

佐佐木幸綱
（ささき・ゆきつな）1938～

東京都生。歌人、国文学者。祖父・信綱が創刊した短歌結社誌「心の花」主宰、編集長。71年『群黎』で現代歌人協会賞、94年『瀧の時間』で迢空賞、2012年『ムーンウォーク』で読売文学賞など受賞多数。02年、紫綬褒章。

『夏の鏡』（一九七六）

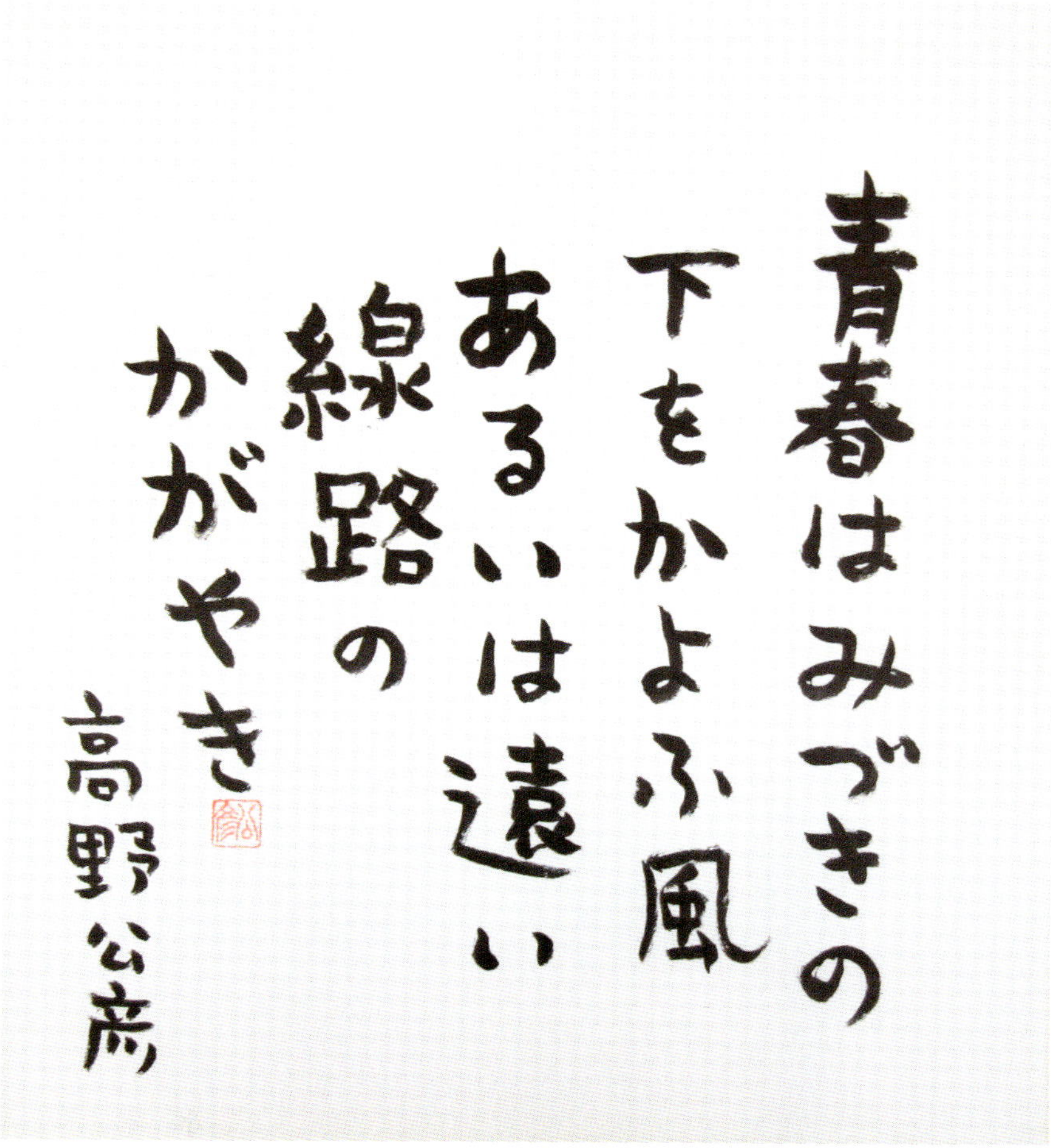
青春はみづきの
下をかよふ風
あるいは遠い
線路の
かがやき
高野公彦

青春はみづきの下をかよふ風あるいは遠い線路のかがやき
——高野公彦
二七×二四(cm)
『水木』(一九八四)より

これはまさに青春の歌である。青春とはみづきの下をかよふ風であるか、そうであれば香気たかくふき過ぎて戻らない季節であり、遠い線路のかがやきであるか、そうであれば、遠くかがやいていても、私たちがついに到達しえない場所である。青春はきっと失いやすく、しかも得がたいものであろう。

高野公彦

(たかの・きみひこ) 1941〜

愛媛県生。歌人。大学在学中より朝日歌壇に投稿。1964年「コスモス」入会。76年刊の第一歌集『汽水の光』でコスモス賞の他、96年『天泣』で若山牧水賞、2001年『水苑』で詩歌文学館賞、迢空賞受賞。04年紫綬褒章。12年『河骨川』で毎日芸術賞受賞。

『水木』(一九八四)

鶴の首
夕焼けており
どこよりも
さびしきものと
来し動物園

一彦

鶴の首夕焼けておりどこよりもさびしきものと来し動物園

——伊藤一彦

二七×二四（㎝）

『瞑鳥記』（一九七四）より

寂しさのあまり、寂しさを求めて動物園へ来てみたら鶴の首が夕焼けに赤く染まっていた、という。何という美しく、寂しく、しかも心に沁みる作だろう。これこそ青春なのだ。

『瞑鳥記』（一九七四）

伊藤一彦

（いとう・かずひこ）1943～

宮崎県生。歌人。読売文学賞選考委員。福島泰樹と大学在学中に親交を持ち、影響を受けた。68年「心の花」入会。若山牧水研究も盛んに行い、若山牧水記念文学館館長も務める。96年『海号の歌』で読売文学賞、2005年『新月の蜜』で寺山修司短歌賞、08年『微笑の空』で迢空賞など受賞多数。

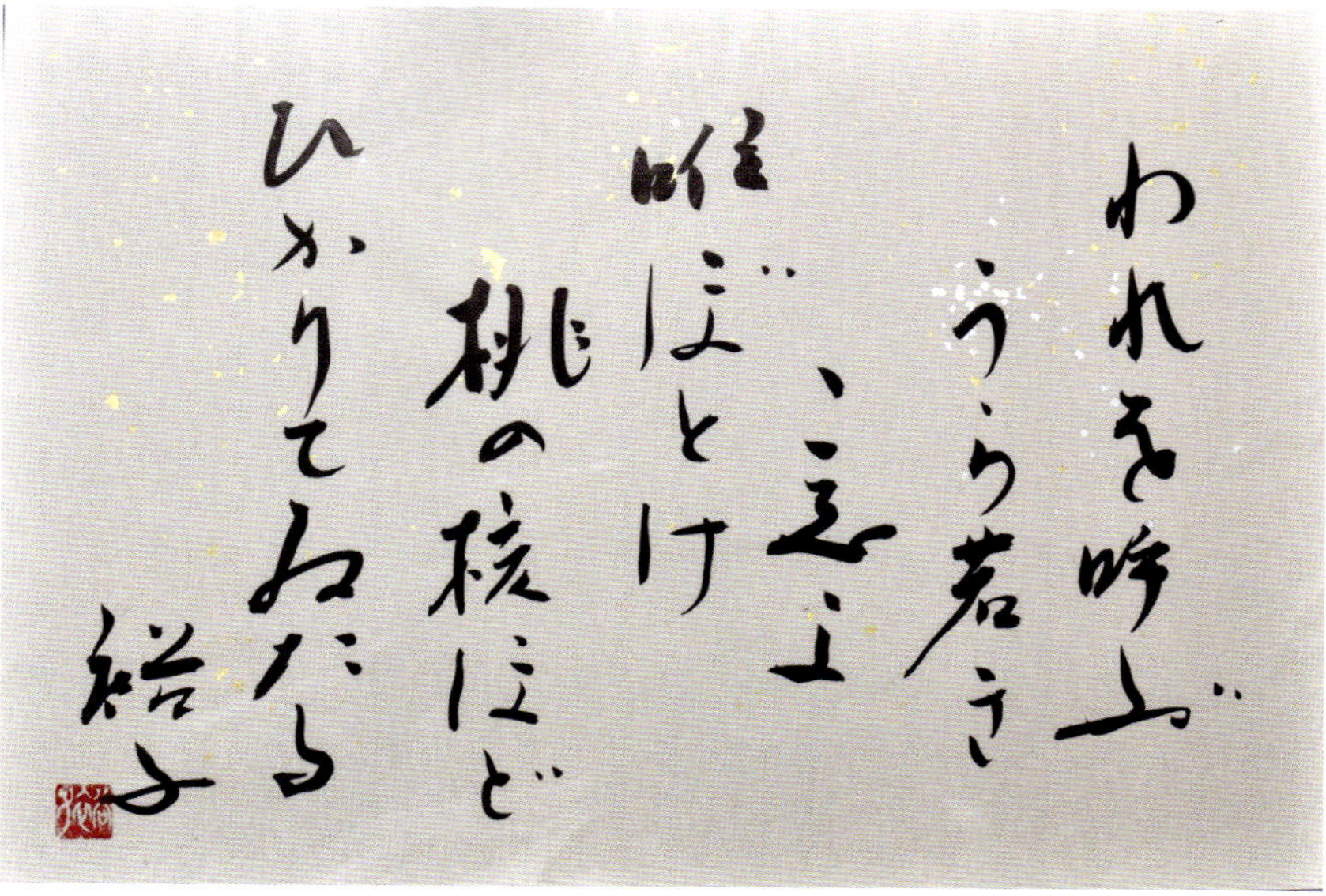
われを呼ぶ
うら若き
こゑよ
喉ぼとけ
桃の核ほど
ひかりてゐたる
裕子

われを呼ぶうら若きこゑよ喉ぼとけ桃の核ほどひかりてゐたる

——河野裕子

二五×三六（㎝）

『森のやうに獣のやうに』（一九七二）より

二十二歳の頃の歌である。（中略）この歌はあまり考えずにできた。「桃の核」という言葉を使うのに何かときめきのようなものがあったことを覚えている。結句の「ゐたる」は、えいっと勢いに任せた。「ゐたり」と終止形として収めきれない若さがあった。

『恋うたの現在』（角川学芸出版　二〇〇六）自注より

『森のやうに獣のやうに』（一九七二）

河野裕子

（かわの・ゆうこ）1946 ～ 2010

熊本県生。歌人。永田和宏夫人。64年、宮柊二主宰の「コスモス」短歌会入会。90年「塔」入会。69年角川短歌賞、76年『ひるがほ』で現代歌人協会賞、98年『体力』で河野愛子賞、2001年『歩く』で若山牧水賞、09年『母系』で迢空賞受賞。

きみに逢う以前のぼくにあいたくて
海へのバスにゆられていたり

和宏

きみに逢う以前のぼくにあいたくて海へのバスにゆられていたり

——永田和宏

一三五×三五（㎝）

『メビウスの地平』（一九七五）より

青春期の初々《ういうい》しい感情が私たちを暖くつつむような秀歌である。歌の意味は解釈を要しないであろう。

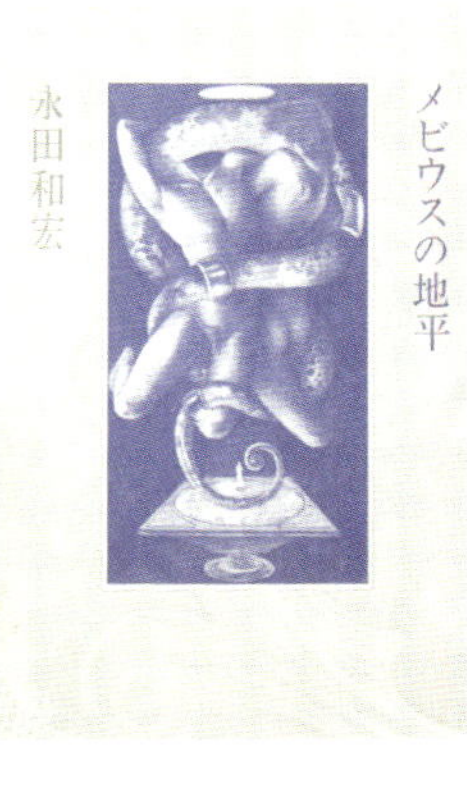

『メビウスの地平』（一九七五）

永田和宏

（ながた・かずひろ）1947 〜

滋賀県生。歌人、細胞生物学者。宮中歌会始詠進歌選者、朝日新聞歌壇選者。京大在学中、京大短歌会入会、高安国世に師事し、「塔」会員を経て現在主宰。98年『饗庭』で若山牧水賞、翌年読売文学賞、2004年『風位』で芸術選奨文部科学大臣賞、迢空賞受賞。09年紫綬褒章。

●エッセイ

物理のおちこぼれ

永田和宏

スバルしずかに梢を渡りつつありと、はろばろと美し古典力学

永田和宏『黄金分割』

スバルは昴とも書き、プレアデス星団の和名。六つの星が見えるので六連星《むつらぼし》とも呼ばれる。秋の夜、かすかに見える昴が、夜更けにかけて梢を渡ってゆく。それを眺めていると、昔ならった古典力学がなんとも懐かしく、美しく思えてくる。

私の若い時期の歌としては、比較的よく知られることになった歌である。代表歌の一つに数えてくださる方もある。私が物理出身であるところから、いかにも永田らしいと思われるのであろう。

しかし、この一首は、いっぽうで私が物理について行けなくなり、落ちこぼれそうになっていた時期の悔しい歌でもあったのである。

空を渉る星々は、古典力学の運動方程式によって記述できる。ニュートンの運動方程式とも呼ばれ、［力＝質量×加速度］というきわめて簡単な式が根本にある。これは微分方程式になっていて、この

簡単な式から、ほとんどの力学の公式が導き出される。つまり、この世のあらゆる運動をつかさどる根本の式なのである。惑星の動きを予測するケプラーの法則なども、実はこの運動方程式の必然の結果として説明できるのであり、さらにこの式によって、当時知られていなかった海王星や冥王星まで実際に発見されたなどという伝説は、私たち高校生の胸を熱くさせるに十分であった。

世界は運動方程式と初期状態さえあれば、過去から将来にわたってすべて記述できる、などと豪語して憚らなかった高校生は、文学部にするか理学部にするかでだいぶ迷った挙句、理学部の物理学科に入ることになった。やるなら素粒子物理学と決めていた。もちろん湯川秀樹博士への憧れが強かった。

そこまでは良かったのだが、大学での物理は予想と大きくかけ離れたものであった。微分・積分は得意のはずであったが、複素積分などというものが立ちはだかり、複素平面での積分、虚数軸のまわりの積分などと訳のわからない積分が出てくるにおよんでお手上げとなった。おまけに量子力学という、これまた古典力学では理解できない力学をいやでも学ばなければならなかった。いまでも名前だけはよく覚えているが、シュレーディンガーの波動方程式という、なんとも複雑な微分方程式で敢えなくギブアップという次第。

梢を渡っていく昴を見ながら、ああ、古典力学に夢中になっていた時代は良かった。あの美しい力学の世界は、いまではなんとはろばろと遠い世界になってしまったのだろうと、懐かしみつつ、茫然と佇んでいるといった風である。

実は、ここに到るまでには、それなりの訳があった。大学に入ってまもなく、私が〈三重苦〉と呼んでいる、三つの事態に遭遇し、それを引き受けることになったのである。

折りからの七〇年学園闘争の波がその一つ。私自身は残念ながら、はっきりした意見も目標もないノンポリ学生であったが、それでもクラス単位で、河原町から円山公園までのデモは毎週のようにあった。キャンパスがバリケード封鎖されたころは、一晩中焚火のまわりで議論をしながら、朝がた家に帰るなどといった生活であった。

それにもまして、大学で短歌を始めたことは大きかった。大学短歌会に入会し、その顧問をしておられた高安国世先生の「塔」という結社にも入会した。学生短歌会の仲間らと同人誌「幻想派」の結成に参加したのは、二回生の時。短歌を始めてからまだ一年も経っていなかった。

一挙に三つのグループに参加して、この頃は、仲間同士集まって短歌について議論するのがおもしろくてたまらないという、まちがいなく蜜月期なのであった。一年間で広辞苑がぼろぼろになるほど引かなければならなかったのは、それまでの素養のなさを露呈してもいるが、それだけ熱心に歌を読んでいたということでもある。

これでは大学の勉強、私の専門であるべき物理の勉強がおろそかになるのは止むを得ないというべきであろうが、それらにもまして、決定的だったのは、恋人と出会ったことであった。前後のみさかいもなく、一途にどんどん突き進んでしまうのは、私も恋人も同じであったためか、熱に浮かされたように逢い、手紙を書き、歌を作った。最近になって当時の恋文が残っていることがわかり、その数およそ一五〇通(一部は「文藝春秋スペシャル」二〇一三年秋号に特集された)。やれやれといったところであるが、恋人も歌を作っていたことが、よりいっそう私を短歌に向かわせることにもなったのだろう。

たとへば君ガサッと落葉すくふやうに私をさらつて行つてはくれぬか
　　　　　　河野裕子『森のやうに獣のやうに』

こんな直球にたじたじとしながらも、うれしかった。よし攫ってしまおうと単純に思ったのである。しかし、それでもさすがに彼女のようにはいかず、

きみに逢う以前のぼくに遭いたくて海へのバスに揺られていたり
　　　　　　永田和宏『メビウスの地平』

などという歌を作って、未練がましく出逢う以前の自分に執着したりもしていたのが情けない。

とまれこの三重苦は、いとも簡単に私を素粒子の世界から振い落としてしまった。学生運動にはついに積極的に関わることはなかったが、短歌と恋人に出遭ったことは、その後の私の人生を文字通り決定づけた二つの出会いであった。

はるか空の彼方を渉ってゆく昴を見ていたときには気づかなかったことだが、たぶん私の運動方程式は歌と恋人という二つの初期条件を得て、その後の私の人生を動かしはじめていたのだろう。以来四十数年、物理への郷愁はあるが、落ちこぼれたことを後悔したことはない。

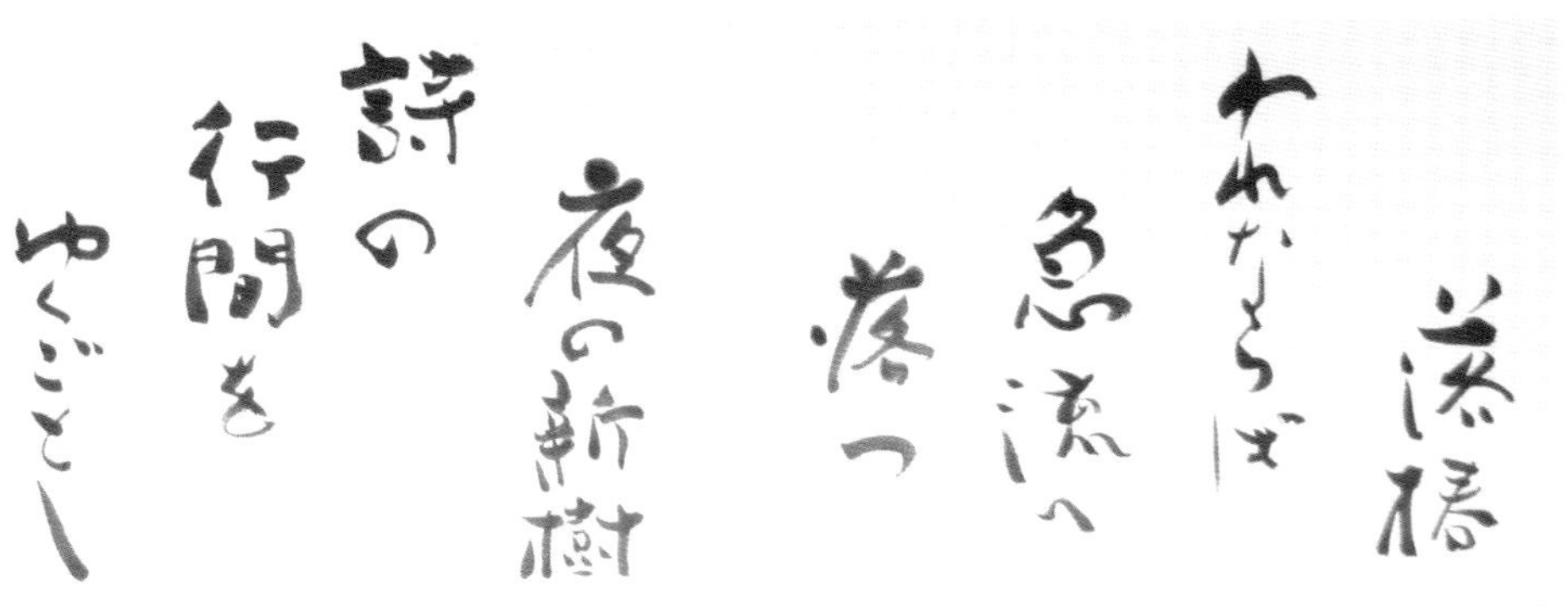
落椿
われならば
急流へ
落つ
夜の新樹
詩の
行間を
ゆくごとし

落椿われならば急流へ落つ
夜の新樹詩の行間をゆくごとし
新妻の靴ずれ花野来しのみに

——鷹羽狩行

三五×一三七（㎝）

『誕生』（一九六五）、『遠岸』（一九七二）より

椿の花は首がもげるようにほとりと落ちる。私たちはむしろ急流に落下するかのように生きているのである。ことに青春期において。

詩の行間にはつねに隠されたものが潜んでいる。夜、新緑の木々の間を歩むことは、詩の行間から、詩の意味を探ることに似た、青春の情感がある。

何という優しい句であり、何という美しい風景だろう。新妻の靴ずれをいたわる若い夫の愛が私たちの心に沁みいる。

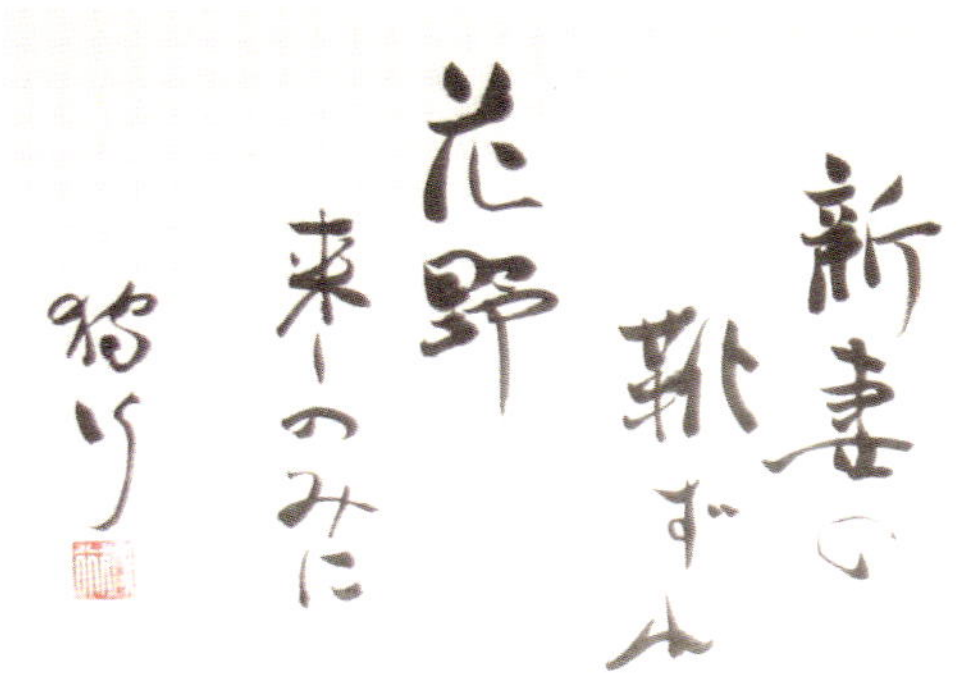
新妻の
靴ずれ
花野
来しのみに
狩行

鷹羽狩行

（たかは・しゅぎょう）1930 〜

山形県生。俳人。俳誌「狩」主宰。高校在学中、新開千晩に俳句を学ぶ。戦後は山口誓子主宰「天狼」創刊と同時に入会、秋元不死男主宰「氷海」の編集長も務めた。65年第一句集『誕生』で俳人協会賞、74年『平遠』で芸術選奨文部大臣新人賞、2008年『十五峯』で蛇笏賞、詩歌文学館賞。

句集 誕生
鷹羽狩行

『誕生』（一九六五）

夏の兎飢えたり
夢も見ていたり

喜代子

夏の兎飢えたり夢も見ていたり

――宇多喜代子

一三七×三五（㎝）

『りらの木』（一九八〇）より

夏の兎とは私たちの青春期である。青春期の私たちは貧しいし、飢えることもある。反面、未知の未来を夢見る。そういう私たちをかよわい夏の兎と喩えたところにこの句の見事さがある。

『りらの木』（一九八〇）

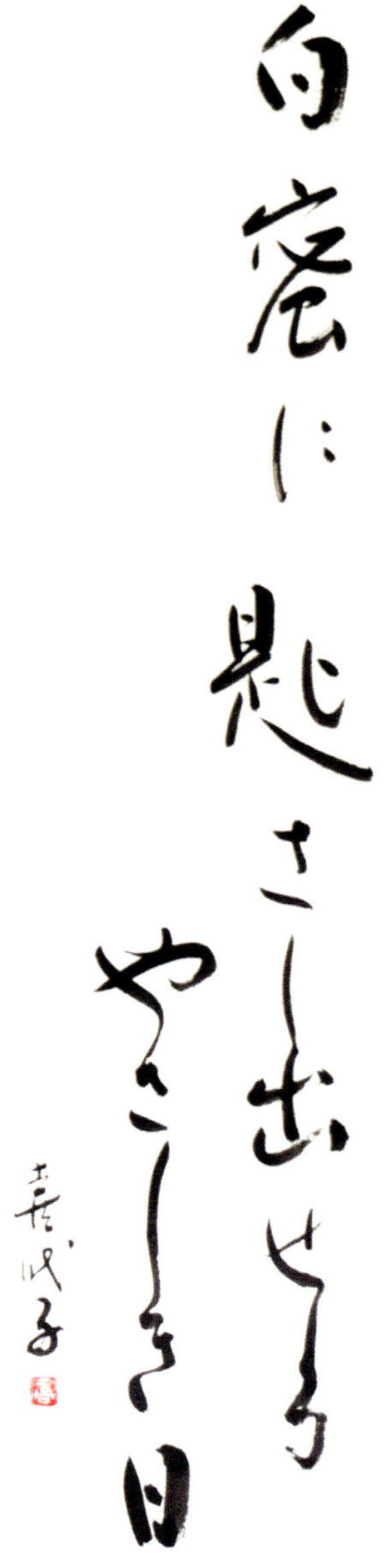
白瓷に匙さし出せりやさしき日
喜代子

白蜜に匙さし出せるやさしき日

――宇多喜代子

一三七×三五（㎝）

『りらの木』（一九八〇）より

愛とは白蜜に匙をさし出すように甘美であり、そうした甘美は青春期にのみ味わうことができる。一読、羨望にたえない世界が眼前に展開する。

宇多喜代子

（うだ・きよこ）1935～

山口県生。俳人。俳誌「草樹」会員代表。読売新聞俳壇選者。遠山麦浪「獅林」を経て桂信子に師事。82年現代俳句協会賞、2001年『象』で蛇笏賞、12年『記憶』で詩歌文学館賞受賞。

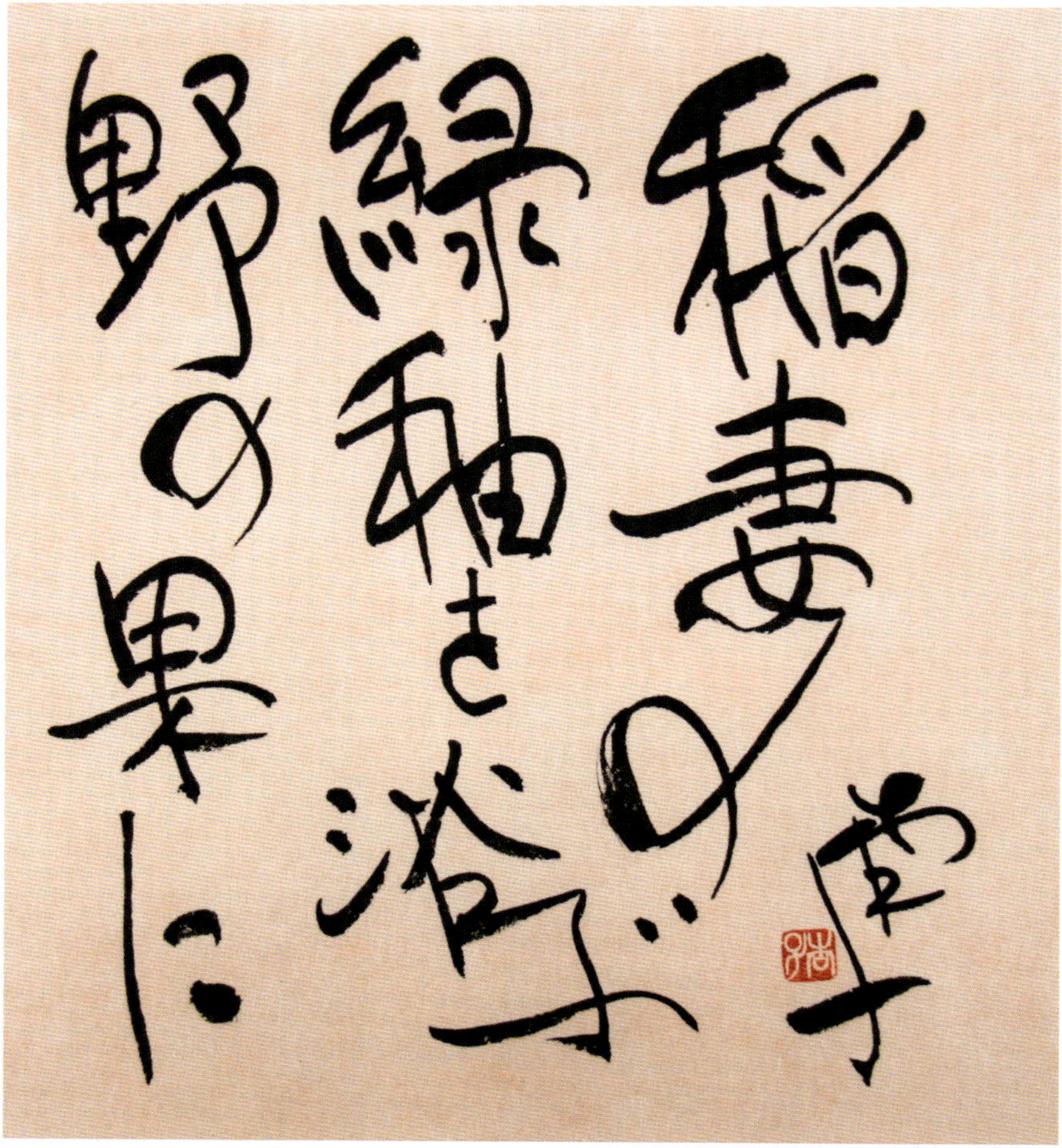
稲妻の
緑釉を浴び
野の果に

稲妻の緑釉を浴ぶ野の果に

——黒田杏子

二七×二四（㎝）

『木の椅子』（一九八一）より

私たちに訪れる青春とは稲妻の衝撃に似ているかもしれない。それは私たちが野の果にいるかのように、孤独に過しているときに訪れるのではないか。この句は、青春をうたったものではないかもしれないが、稲妻を青春と読みかえてもよいような普遍性をもっている。

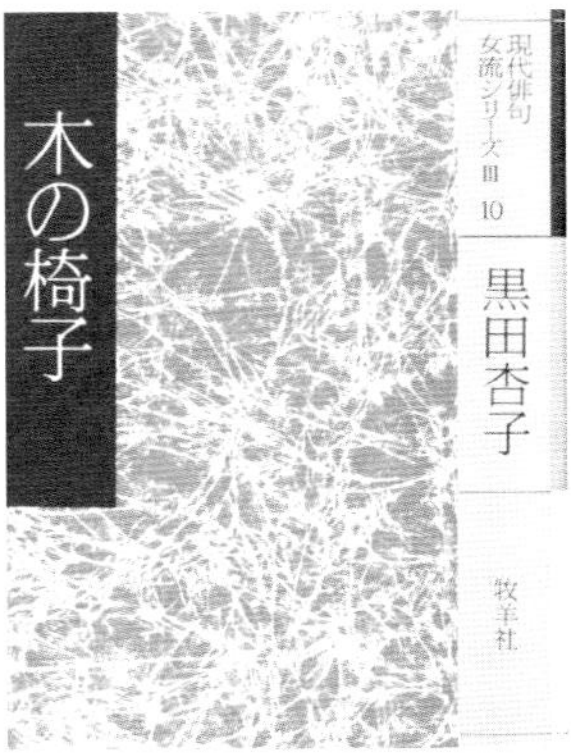

『木の椅子』（一九八一）

1961年3月、東京女子大卒業の日に父と

黒田杏子
（くろだ・ももこ）1938～

東京生。俳人。俳誌「藍生」主宰。同人誌「件」同人。山口青邨門。夏草賞・現代俳句女流賞・俳人協会賞・桂信子賞。2011年『日光月光』で蛇笏賞受賞。日本経済新聞俳壇選者。桜の俳人として知られる。

●エッセイ

稲妻の緑釉

黒田杏子

稲妻の緑釉を浴ぶ野の果に　杏子

中村稔先生から「青春を詠んだ俳句がおありでしょう。いずれ展覧会を企画してゆきますので、お考えになっていて下さい」とのお手紙を頂戴しました。

光栄なお話とおもいつつも、大学卒業と同時に三十歳を目前にするまで、一切句作を中止してしまった私には、いわゆる青春俳句といえる作品世界が欠落している事実をあらためて想い返す機会ともなりました。

恋愛・結婚を体験した二十代に句作を放棄した私は大学入学と同時に入門帰依した山口青邨師に再入門を請い、句作を再開できたのでした。学生運動の仲間であった夫との共ばたらきの生活の中で、俳句以外のいくつもの表現分野を彷徨ののち、生涯を貫く唯一のものとして俳句を選び直したのです。

遅まきながら、ともかく自分を鍛え前進させる方法を自分で考え編み出すほかありません。

まず「季語の現場へ」という行動の柱を立てました。「歳時記は日本人の感性、生活感覚のインデックスである」と記す寺田寅彦の言葉に共感、深く触発されて、季語の一つ一つを自分で実体験してゆくことを行動の基本に据えました。同時に「日本列島桜花巡礼」を発心します。当時三十前直前でしたので、二、三十年かければ、勤めと並行してなんとか満行できるであろうと考え、家人以外誰にも告げず、勇んでひとり歩き出すことが出来たのです。

私は広告会社の社員でした。テレビラジオ局のプランナーであった時代には、永六輔さんの担当にもなりました。縦横無尽の活動を続ける五歳年長の天才タレント永さんから、「東京、大阪、名古屋とかの大都市だけに居ては何も見えない。自分を知り、この国を見つめるためには、日本列島の周縁部に行かないとダメなんだよ」とくり返し言われていました。ネオンの無いような場所に広告会社の社員は出かけてゆく機会はありません。しかし、有給休暇を使えば、自分独自の旅を組み立てゆくことは可能です。焦らず実行を心がけました。のちに分ったのですが、永さんが私に吹きこまれた言葉はそっくり宮本常一さんからの永さんへのアドヴァイスであった内容なのでした。

句作を再開しても職場では私が俳句に打ちこんでいる事など誰ひとり知りません。私は会社では一切俳句のハの字も口にしていませんでした。

句作を中断していた二十代、私達夫婦は山登りをよくしました。東北地方の山が中心でした。しかし、句作を再開、俳句一筋に打ちこむ決心を固めて以来、夫に私はひとりで句作・吟行のたびに出ることを許してもらいました。冒頭の稲妻の俳句は、私が俳句を作るためだけに、結婚以来はじめてひとり旅に出た晩に詠めた句です。野宿した訳ではありませんが、会社員で子供のいない共ばたらきの女がみちのくのとある町の日本旅館に一泊、その晩に恵まれた句です。

緑釉《りょくゆう》という言葉は宇都宮の県立女子高生の時代からよく訪ねていた益子の浜田庄司工房で浜田先生

ご自身が素焼の大皿に馬尻《ばけつ》からくみ出した釉薬を竹柄杓でばしゃっと掛けられるその瞬間のイメージが基になっています。

生れたのは東京の本郷ですが、戦時疎開で父の生家のある栃木県旧南那須村で私は小学生時代の六年間を過しました。

那須地方は雷の多発地帯。大人たちは雷のことを「雷《らい》さま」と呼んでいました。ひろびろとした村の夜空に現出する稲妻と稲光を小学生の私は実に美しいと感じ、深く澄んだ夜空を切り裂くその色彩と造型、さらにその音響を誰よりもたのしみに待ち望んでいた子供でした。

ところで、稲妻の緑釉を浴ぶ、ここまではすっと出来たのですが、そのあとが続きません。それなりの日本旅館の清潔なシーツと枕カバー。そこに身を横たえて、野の果に。もないものですが、ふいにこの座五が胸の奥底から湧き上がってきて口をついて出たとき、涙ぐみました。こののちは働きながら、たゆまず句作の道を迷わずにつき進んでゆこう。人に褒められる必要はない。自分に恥じない作品を作れる人間になろう。何よりも仕事にかまけて「自分以下にならない」ことを心がけてゆっくりと急ぐことだ。床の上に正座した私は身体中に満ちてくる新鮮な「気」を感じていました。

句作を再開しておよそ十年ののち、信頼し、尊敬する兄弟子古舘曹人《ふるたちそうじん》さんのおすすめで、青邨先生のお許しを得て句集をまとめることになりました。四十代に入っていました。『木の椅子』という第一句集のはじめの方に稲妻のこの句は収めてあります。その時点で、単独行「日本列島桜花巡礼」もすでに十年余を経過していたのですが、この句集に桜の句は

夕桜藍甕くらく藍激す

この一句しか収めておりません。

私は山口青邨主宰「夏草」の会員でした。毎月五句を投句。先生の選を経た作品が雑詠欄に掲載されるのです。このシステムの中で第一句集に残った桜の一句を私はとても大切に思っています。

ともかく、稲妻の緑釉を浴びて、遅まきながら私の句作の青春はスタートしました。

自分の句に励まされる。自分の俳句に出合って身体中の細胞が活性化する。これはそんな一句なのです。長い間、私は「生涯一女書生」と墨書して書斎の壁に貼紙をしてきました。

このたび中村稔先生のお手紙によって、ゆくりなくも私は俳句作者としての自らの青春の一句に再会することが叶いました。

色紙を書く墨をゆっくりと磨りながら、遠い日の自分の句の言葉に鼓舞されてゆく時間を体験していました。

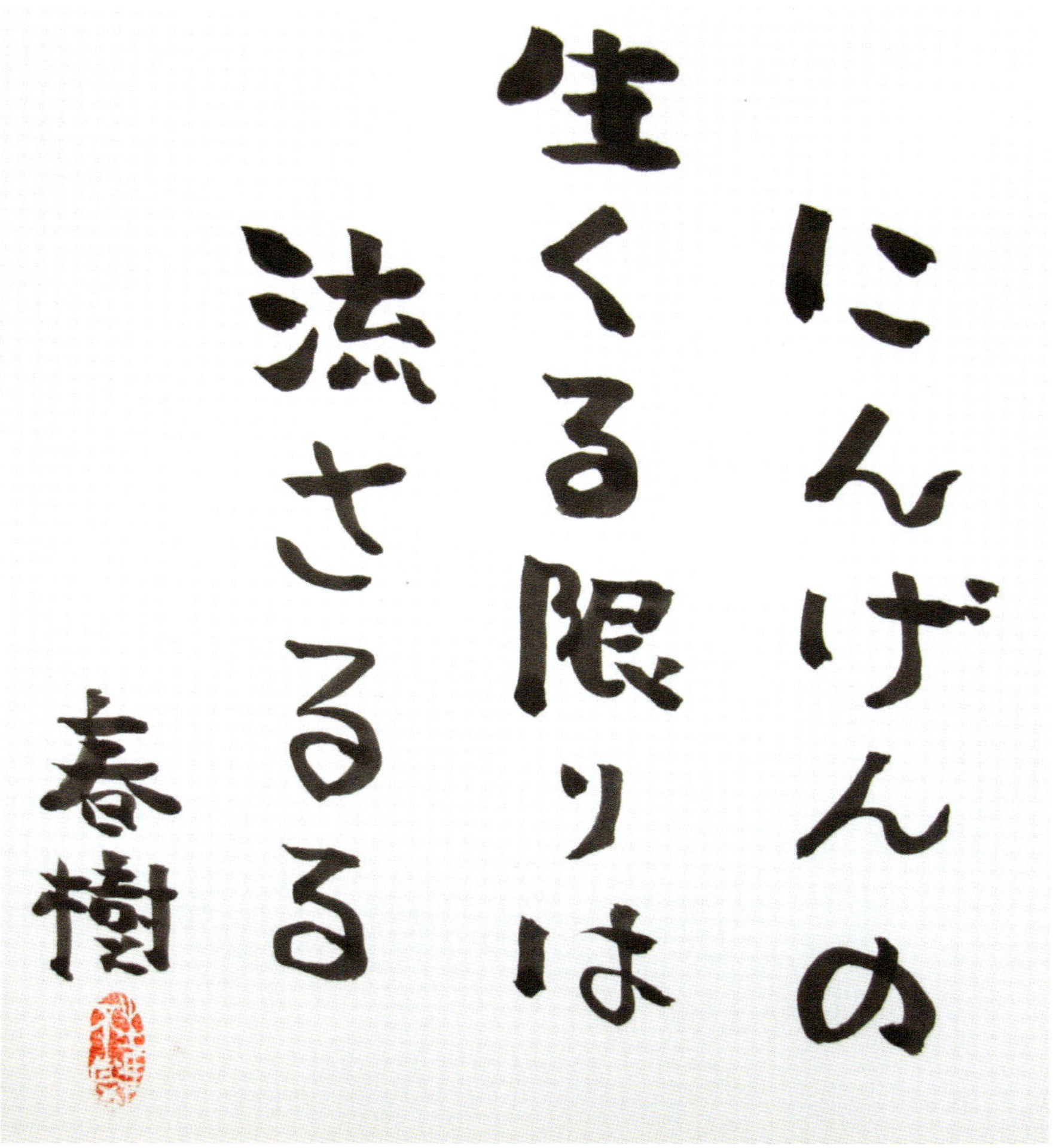
にんげんの
生くる限りは
流さるる
春樹

にんげんの生くる限りは流さるる

——角川春樹

二七×二四(㎝)

『角川家の戦後』(二〇〇六)より

私たちは自らを支配できない。自らを支配し、制御できるかに思うのは、錯覚であるか倨傲である。「生くる限りは流さるる」とは人間の生の本性を抉りとった表現といってよい。

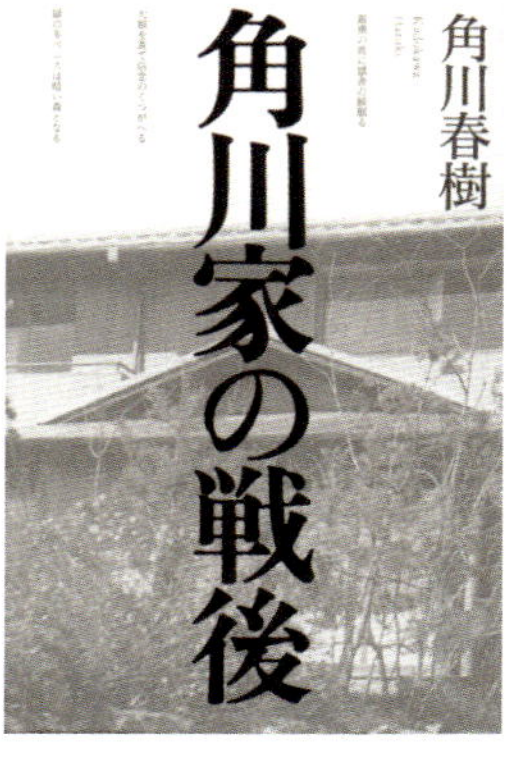

『角川家の戦後』(二〇〇六)

角川春樹

(かどかわ・はるき) 1942 ~

富山県生。俳人、映画プロデューサー。俳句結社誌「河」主宰。2006年に日本一行詩協会を設立し、「魂の一行詩」運動を展開。1982年『信長の首』で芸術選奨文部大臣新人賞、84年『流され王』で読売文学賞など受賞多数。

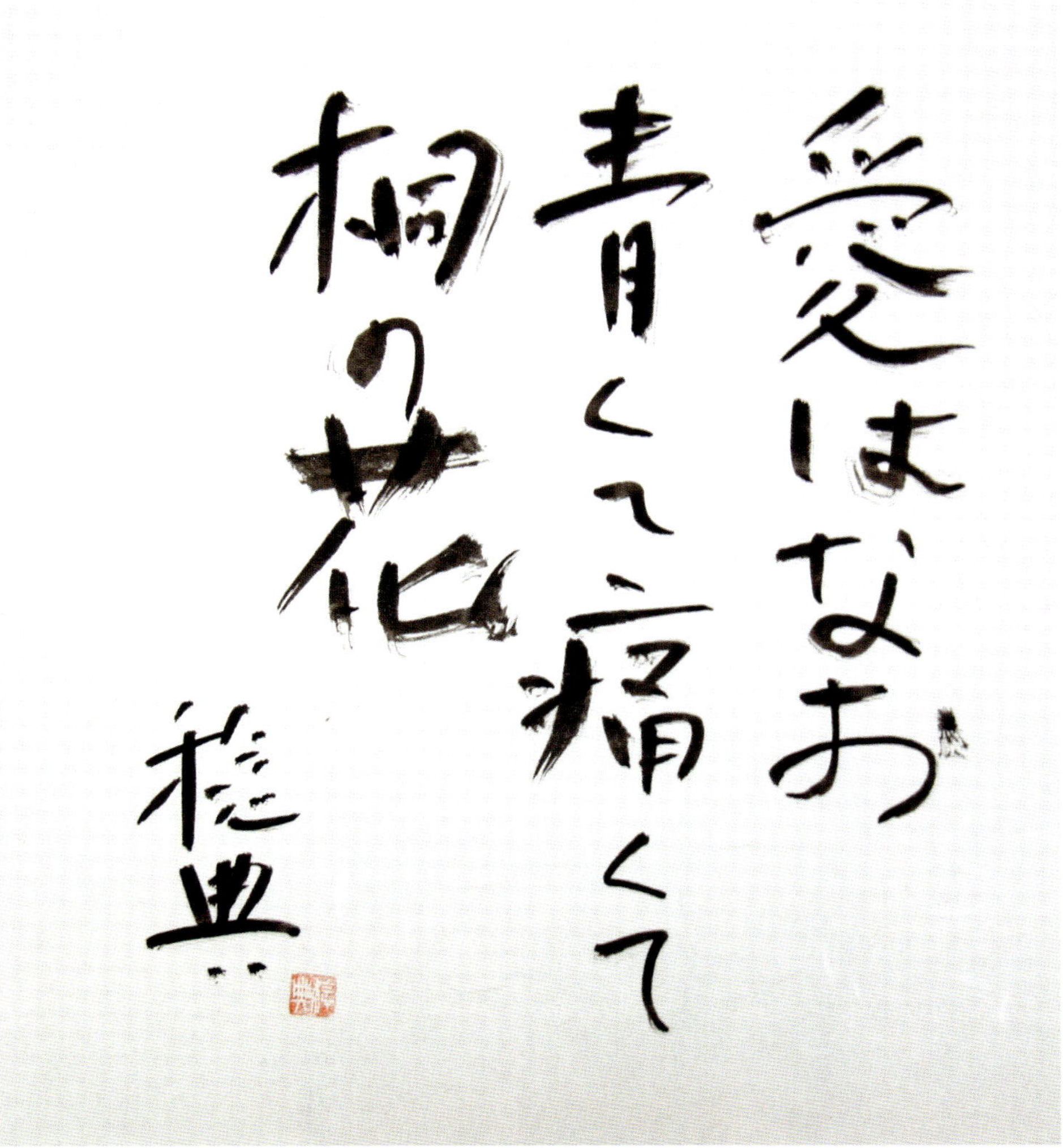
愛はなお
青くて痛くて
桐の花
稔典

愛はなお青くて痛くて桐の花

——坪内稔典

二七×二四（㎝）

『百年の家』（一九九三）より

愛はそうたやすく熟さない。だから青い。愛は苦痛をともなう。だから痛い。しかも、桐の花のように高雅ではかない。比喩がじつに新鮮なことに驚異を覚える。

『百年の家』（一九九三）

炎天の
われも一樹と
なっている

稔典

炎天のわれも一樹となっている

――坪内稔典

二七×二四（㎝）

『百年の家』（一九九三）より

私たちは青春期にあってこそ昂然と立ち、俗世を睥《へい》睨《げい》する。ただ一人であることも怖れない。それこそ青春期にある私たちの特権である。やがて、そういう時期があったことを懐しく回想するであろう。

坪内稔典

（つぼうち・としのり）1944 〜

愛媛県生。俳人、歌人。主著に『柿喰ふ子規の俳句作法』『子規のココア・漱石のカステラ』など、カバの愛好家としても知られ『カバに会う日本全国河馬めぐり』がある。2010年『モーロク俳句ますます盛ん』で桑原武夫学芸賞。

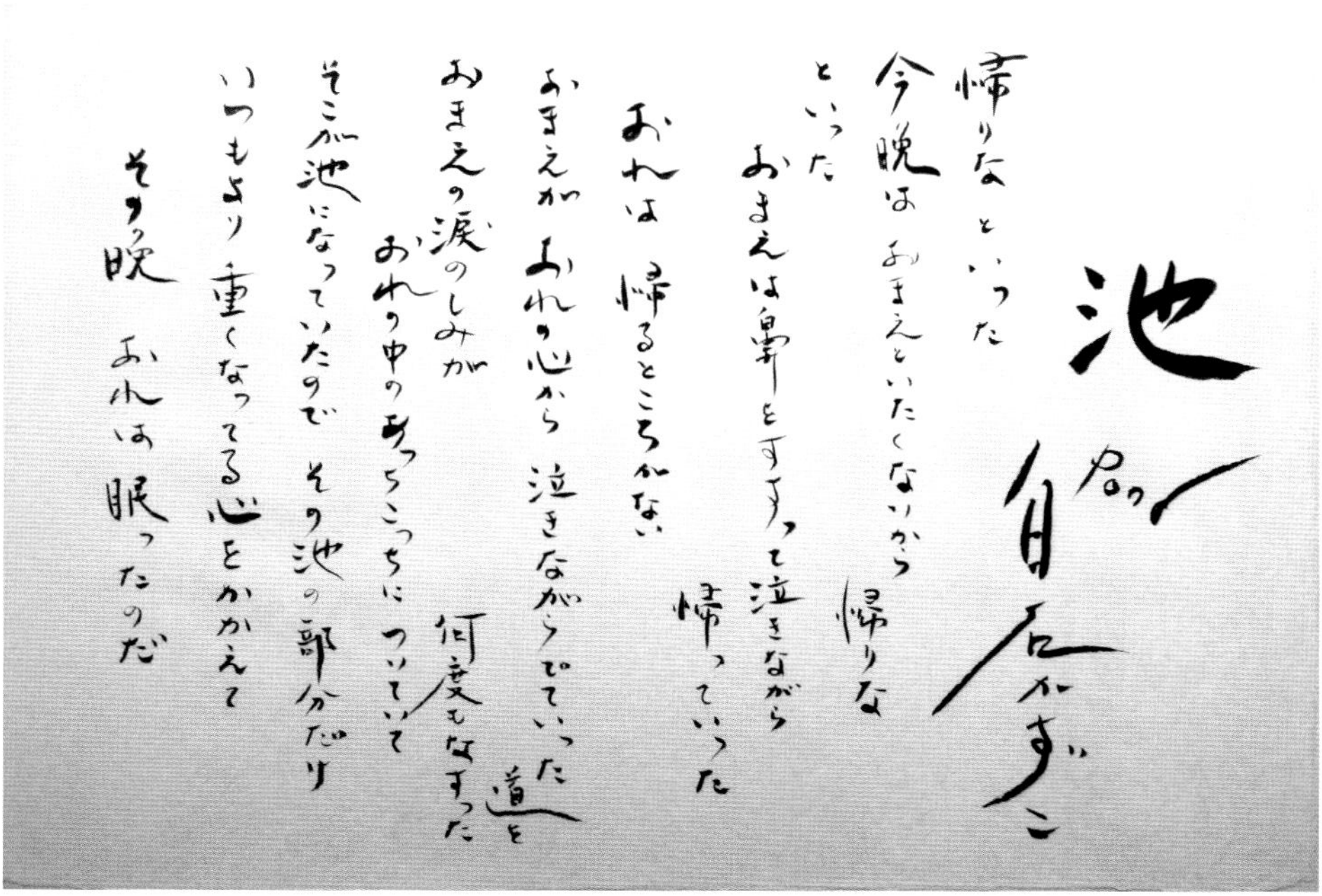
池
Poem 白石かずこ
帰りなといった
今晩は おまえといたくないから 帰りな
といった
おまえは鼻をすすって泣きながら 帰っていった
おれは 帰るところがない
おまえが おれの心から 泣きながらでていった 道を
何度もなすった
おまえの涙のしみが
おれの中のあっちこっちに ついていて
そこが池になっていたので その池の部分だけ
いつもより 重くなってる心をかかえて
その晩 おれは眠ったのだ

「池」

――白石かずこ

五一×七六（cm）

『今晩は荒模様』（一九六五）より

現代の男女関係とはこういうものか、という見本のような作品である。「おまえの涙のしみが／おれの中のあっちこっちについていて／そこが池になっていたので　その池の部分だけ／いつもより重くなってる心をかかえて」といった表現が非凡であり、この涙がどれほどの重量をもっているかを実感させるのである。

白石かずこ

（しらいし・かずこ）1931～

バンクーバー生。詩人。1938年に帰国、48年に北園克衛の「VOU」に参加。一時詩作を休止するも60年代より再開。朗読詩とジャズのコラボレーションでポエトリーパフォーマンスを展開、国際的にも活躍。70年『聖なる淫者の季節』でH氏賞、97年『現れるものたちをして』で高見順賞、読売文学賞、2003年『浮遊する母、都市』で晩翠賞受賞。98年、紫綬褒章。

『今晩は荒模様』（一九六五）

●エッセイ

青春の詩歌

白石かずこ

「詩」というものを、十七才の時に当時の「詩学」という雑誌でみつけ、その研究会にわたしは生まれてはじめて「星」という詩を一篇もってでかけた。そこには村野四郎と木原孝一がリーダーとしていて、若い詩人たちの作品を選んで評していた。

このとき彼らは、わたしのもっていた一篇の詩をみて、「この詩には妖気がある」といって、すぐVOUクラブの北園克衛のところへ連れて行った。

その時まで、わたしは北園克衛が男か女かもわからなくて、逢った途端に、「あッ、男だ」と知ったのである。

その時以来、わたしは飯田橋の北園克衛、通称「橋本先生」といわれる彼の教えている大学の研究室のようなところへ通いだす。

当時、唯一にして重要な詩誌「詩学」の木原孝一をはじめ、「荒地」の黒田三郎、みなみな、それぞれ、出版社のごときところにつとめている。

「詩と詩的はちがう。センチメンタルは軽蔑すべきこと、文学じゃない」いろいろなことを北園克衛からならうと、木原孝一もまた熱心にわたしの詩の教育にかかる。

飯田橋の日本歯科大学の図書室で、昼間は橋本先生になっている北園克衛にある日「詩集を出したら？」と言われた。その日は金曜日だった。夜、家に帰ると、今までにかいた十篇ほどに四、五篇かきたし、翌日の土曜日に北園さんのところにもっていった。

それが處女詩集「卵のふる街」となった。

戦場の地獄から戻ってきて肺をやんでいる「荒地」グループと「VOU」は本質的にあいいれず、わたしが早稲田大学文学部の芸術学科の演劇映画というところに入って間もなく、彼らは、たもとをわかつ。「荒地」はしばらく間借りしていた北園克衛をリーダーとするモダニズムの拠点から、砂けむりをたてて出ていくのだ。

新橋であったか、アスファルトの路上で、もうすこしで決闘が行われるところであった。北園克衛は一番年少のわたしを秘蔵っ子にしてピイピイ言っているのを育てているつもり。かたや、木原孝一は発見者は僕だ、なにを！と思っている。自分こそ、わが手でこの子をケーキに毒されぬよう育てよう。だがどちらも紳士だから、なぐりあいにはならなかった。「VOU」か「荒地」かの奪いあいになるところだから、籍をおいていた年長の北園克衛に分があった。

「荒地」の詩人たちは、この時代の若々しく迫力のある台風のような影響を人々にあたえた。

北園克衛のシュルレアリスムと「荒地」を同時に知り、勉強することになった戦後の一番あたらしく元気な世界と、ヨーロッパからの伝統的なものと、このとき、もっとも新しいとされる、超現実主義（シュルレアリスム）をいただいたのだった。

詩の魂と頭脳への、いちどきにこんなスバラシイご馳走があろうか。毎日、ゴクゴクと脳とハートに、のみこむことの、バクハツしそうな、しあわせ大コーフンであった。

この意味で、今まで「ＶＯＵクラブ」を通じ、芸術至上主義から社会へ、世代、世界へ、つねに眼をむけるようになった。

このことは歳月をすぎた今も（何十年後だが）、さまざまなくにを旅し、詩だけでなく、政治、革命、いろいろな問題に出あい、その土地、そのくにぐにの人達を理解し、呼吸をあわせて生きていく今日に役にたっている。

第二の青春の詩歌

トートトッに発作的に結婚し、長女ができて、聖女のような善なる暮らしをして二十五才の頃、わたしは五十才以上の、ときには過去の人間になっていた。十七才から二十二歳迄の詩集のみほめられて、その後は墓碑銘のように存在するのは実に苦しいことであった。

そういう時に、ふとしたことから寺山修司に出会う。彼は青森の高校の時から白石かずこに憧れて東京にきて「ＶＯＵ」に入ったら、もういないじゃないの？どうして今書かないの？才能がもったいない！を連発し、ほとんど怒りをぶつけるようにいった。

この頃は失語症に近いほど人見知りして書くことを許さぬ刑罰の重い後遺症を残していたのである。

そして久しぶりにかいた作品を寺山さんは「どれもヴィヴィッドで才能は少しも古びていない。今、生まれたてのように新鮮で前のままだ」といった。

この一言が眠っていた詩の血管へ点滴の役をした。あッというまに、回復は、はやかった。ナイアガラの滝のように毎日、毎日、詩があふれるようにかけて、それがとまらないという苦痛に近い快楽を味わった。

一緒に住んでいた人間も家庭という鍋の蓋がガタガタし、夜半に屋根が飛び、銀河がザーッと部屋に流れこみ、背中で詩の魚釣りする見知らぬ狂人のごとき星人をみたのであろう。これでもうひとつの詩の青春がはじまったのである。

失題詩篇

入沢康夫

心中しようと　二人で来れば
　ジャジャンカ　ワイワイ
山はにっこり相好くずし
硫黄のけむりをまた吹き上げる
　ジャジャンカ　ワイワイ

鳥も啼かない　焼石山を
心中しようと辿っていけば
弱い日ざしが　雲からおちる
　ジャジャンカ　ワイワイ
雲からおちる

心中しようと　二人で来れば
山はにっこり相好くずし
　ジャジャンカ　ワイワイ
硫黄のけむりをまた吹き上げる

鳥も啼かない　焼石山を
ジャジャンカ　ワイワイ

心中しようと二人で来れば
弱い日ざしが背すじに重く
心中しないじゃ　山が許さぬ
山が許さぬ
　ジャジャンカ　ワイワイ
ジャジャンカ　ジャジャンカ
ジャジャンカ　ワイワイ

「失題詩篇」

——入沢康夫

三四・五×六五（cm）

『倖せ それとも不倖せ』（一九五五）より

戦後詩人を代表する詩人の一人の最も若い時期の作品。「心中しようと二人で来れば」とはじまる深刻な主題が、次行で反転、おちゃらかしとなって、詩が展開する。心中を莫迦げた行為とみる、青春期の若者の反語的表現が、新鮮で衝撃的である。

『倖せ それとも不倖せ』（一九七一限定版）

1953年頃

入沢康夫

（いりさわ・やすお）1931～

島根県生。詩人、フランス文学者。東大在学中は小海永二らと「明日の会」で詩を発表。詩作の他、ネルヴァルや宮沢賢治を研究。66年『季節についての詩論』でH氏賞、83年『死者たちの群がる風景』で高見順賞など受賞多数。98年、紫綬褒章。

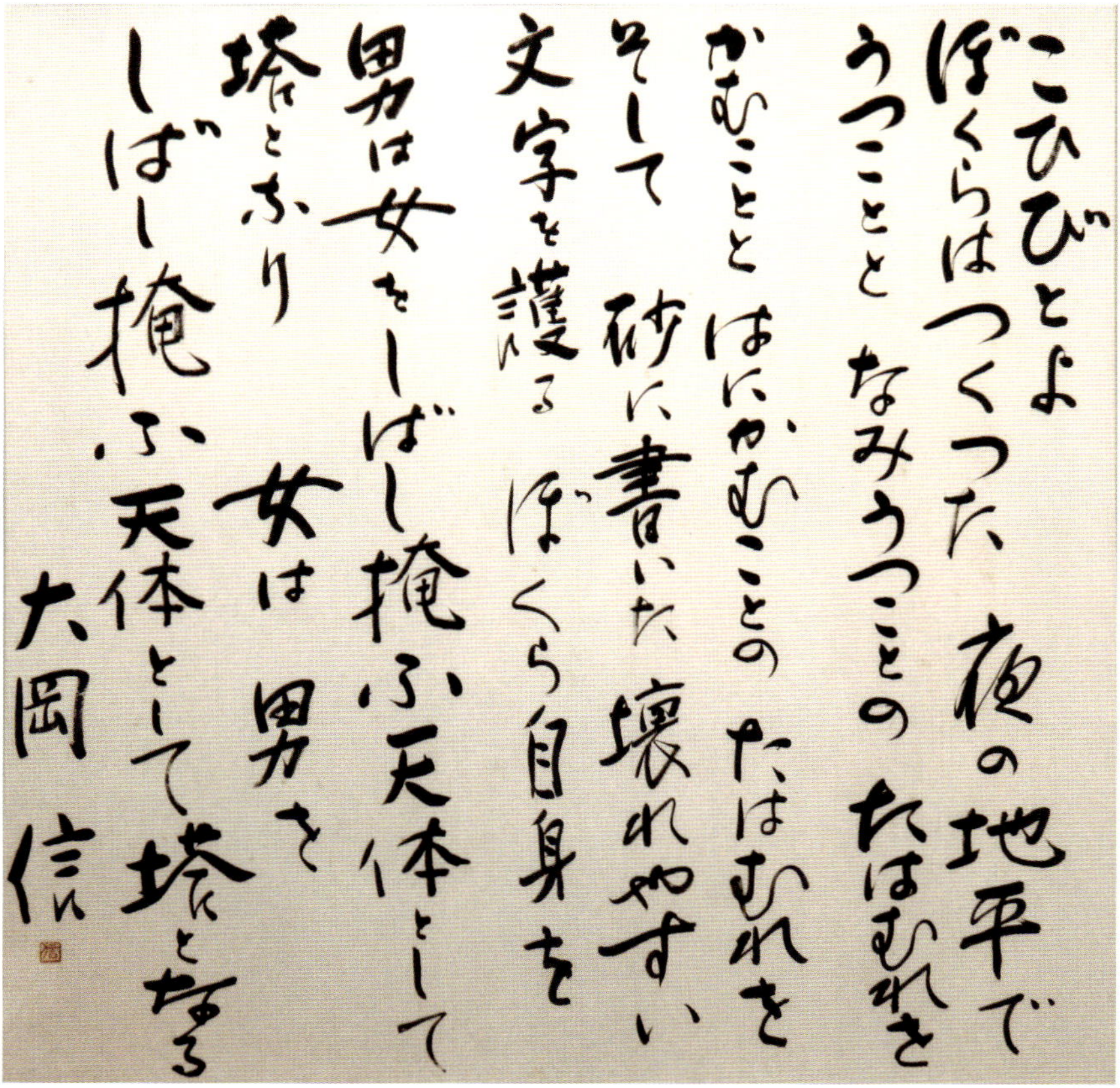
こひびとよ
ぼくらはつくつた 夜の地平で
うつことと なみうつことの たはむれを
かむことと はにかむことの たはむれを
そして 砂に書いた 壊れやすい
文字を護る ぼくら自身を
男は女をしばし掩ふ天体として
塔となり 女は 男を
しばし掩ふ天体として塔となる
大岡信

「丘のうなじ」

――大岡信

八九×九〇（cm）

『春 少女に』（一九七八）より

一九七八（昭和五三）年刊の詩集『春 少女に』の巻頭の詩「丘のうなじ」の一節。若い男女の性愛をうたった作だが、性愛を越える崇高ささえ感じさせる。彼らは夜の地平、広大な宇宙空間の中に在り、天体として、つまりは地上の肉体を越えた存在として、たがいに塔のように荘厳のように向かい合い、しかも、たがいがたがいをその愛で掩うのである。

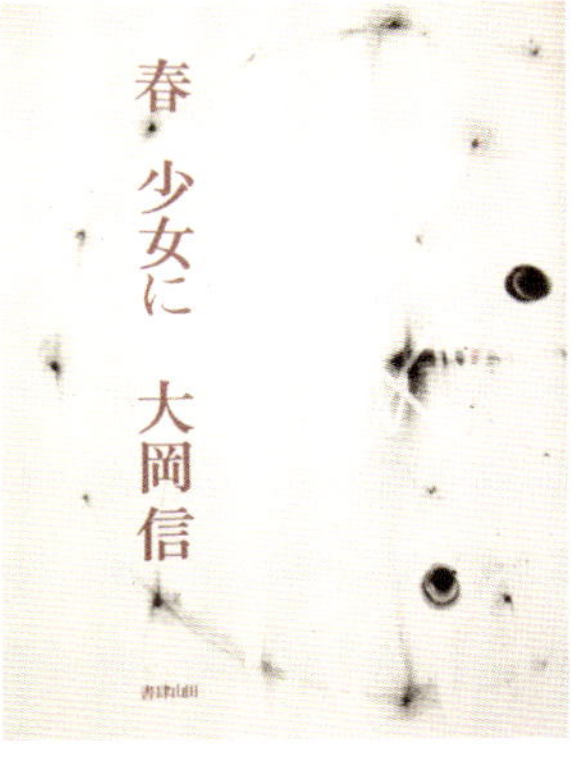
『春 少女に』（一九七八）

大岡信

（おおおか・まこと）1931～

静岡県生まれ。詩人、評論家。茨木のり子らの「櫂」同人参加、吉岡実らとの「鰐」創刊などの活動を経て、その詩業は現代詩に大きな影響を与えている。『地上楽園の午後』で詩歌文学館賞、『詩人・菅原道真 うつしの美学』で芸術選奨文部大臣賞など詩や評論にて受賞多数。マケドニアのストルーガ詩祭で金冠賞受賞など国際的にも活躍。03年文化勲章、翌年レジオン・ドヌール勲章受章。

1970年代半ば頃

初秋

安藤元雄

草に埋もれた爪先上りの道が、その白壁に尽きている。

もしも空の美しい日、ひび割れた漆喰に影を落して佇むなら、おまえはどうしても気づかずにはいないだろう、午後の日ざしがあらゆるものを眠らすとき、その壁からかすかに磯波の音がとどろき、海鳥の声が落ち、遠く潮《うしお》が風のように匂うのを――

いぶかしげに見まわすおまえの目に、しかしむろん海もその波も映りはしないだろう。ここは落葉松《からまつ》の林にかこまれた山あいのひっそりした村はずれ、おまえの吸う空気にも樹の肌の匂いがするばかりで、鳥たちの啼声もとだえがちのようだ。だが、そこには少しかしいでその廃屋の白壁がある……

ああ、おまえは信じるだろうか、その壁に遥かに海が秘められているということを。

行ってごらん、足音をしのばせて。

――藻の香りの漂う浜の風が、季節を過ぎたおまえの夏帽子のリボンを、ふとそよがせるかも知れないのだから。

「初秋」

——安藤元雄

二五・五×三六（cm）

『秋の鎮魂』（一九五七）より

樹木に耳をあてると樹液の音が聞こえる。高原の家の白壁に耳をあてると、かすかに海の波音がとどろき、海鳥の声が聞こえるのだ。そう囁く青年の優しい声と、いぶかしげにそんな言葉を聞く純眞な少女の会話。夢のような初秋の高原の愛の風景をここに見る。

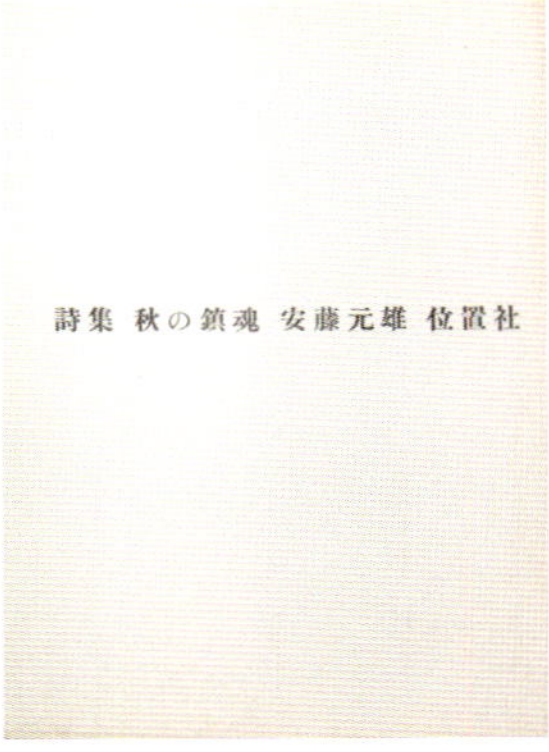

『秋の鎮魂』（一九五七）

1

薄暮

安藤元雄

十字架を並べて結んだ
青い鉄柵を押し開き
君は二つの石垣の間 暮れ方の
坂道の長さ全部を駆け下りる
君の瞼はもう随分と透けて来た
君の手の甲は干割れた
それでもなお 君の踵は一瞬きらめき
君は手を振る 自分の行手への
別れの挨拶のように
そう 君は行きはしない あそこでは
君の不在に誰一人気づかない
黙って計画を取り消し 長い廊下を引き返し
うしろ手に扉をしめて
小さな閂を下ろす でも
この部屋なら幾度笑っても大丈夫だ

2

ごらん ここに蓄音器がある
そこに蠟燭がある
聖体行列の行く吊棚がある
それと 君のために
鏡はわざと置かなかった
必要のとき 君はどこにでも
姿を映すことができるから
——君は火を欲しがる 自分の白さのそばに
ただあかあかと置いておくために
——君はコップに水を欲しがる
ただ冷え冷えと光を反射させておくために
そして 君には要らなくても
部屋ならば窓も要るだろうさ
今時分に外を覗けば そら
墓という墓がいっせいに灯をともす

「薄暮」

——安藤元雄

二五・五×三六（cm）

『船とその歌』（一九七二）より

愛しあう二人の男女は死を意識しながら、愛をあたためている。外は墓がつらなるけど、部屋の内部は愛で満たされている。実在的な現代の愛の実相をうたった作。

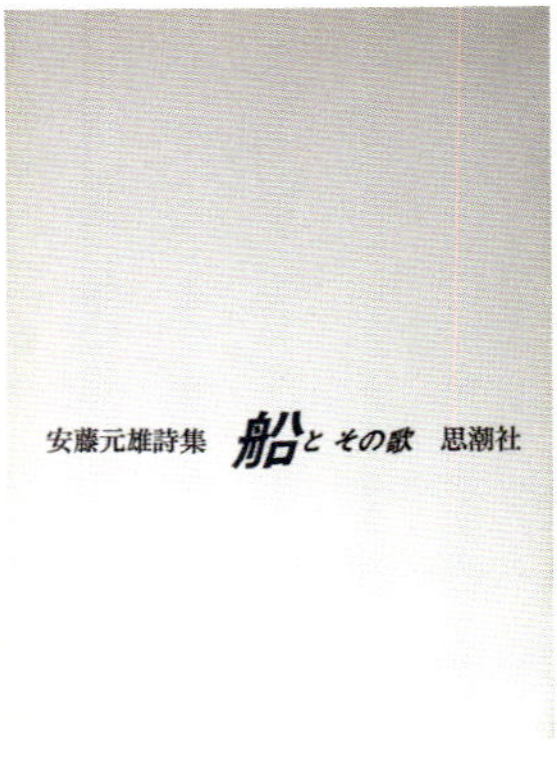

『船とその歌』（一九七二）

安藤元雄

（あんどう・もとお）1934 〜

東京都生。詩人。大学時代に入沢康夫らと詩作を開始。江藤淳や篠田一士、丸谷才一とも交遊した。80年『水の中の歳月』で高見順賞、2004年『わがノルマンディー』で歴程賞、詩歌文学館賞など受賞多数。02年紫綬褒章。

薔薇の木

高橋睦郎

雄雄しいわたしの戀人よ
少しあおざめた 性のにおい高い薔薇
わたしは きみの前にひざまづく
わたしのふるえる腕が抱く きみのむかしし
は薔薇
わたしの閉ざした瞼のあたりには
においに充ちたくさむらがあって
露をふくんだ薔薇の嬰児が 曙の眠りを眠っ
ている
希臘の嘆願者のように とりすがっているわ
たしの上で
うっとりとひらいた指で のけぞる顎でい
つのまにか
きみは 屈強な薔薇の木となっている
その葉は日輪を食べている

ΣΥΜΠΟΣΙΟΝ

「薔薇の木」

――高橋睦郎

二五・五×三六（㎝）

『薔薇の木　にせの恋人たち』（一九六四）より

恋人は薔薇であり、ギリシャの嘆願者のように薔薇にとりすがる私の上に、薔薇は屈強となり、葉が日輪を食べるほどに成長する。イメージの古典的かつ宇宙的な拡がりが私たちを魅了する作品である。なお、「むかもも」は股《もも》の前面に向いている部分をいう。

『薔薇の木　にせの恋人たち』（一九六四）

高橋睦郎

（たかはし・むつお）1937～

福岡県生。詩人。高見順賞、現代詩人賞など、受賞多数。詩作以外に、安東次男に俳諧を学び、短歌も手がけ、88年句歌集『稽古飲食』で読売文学賞、日本文化デザイン賞受賞。00年紫綬褒章、12年旭日小綬章。

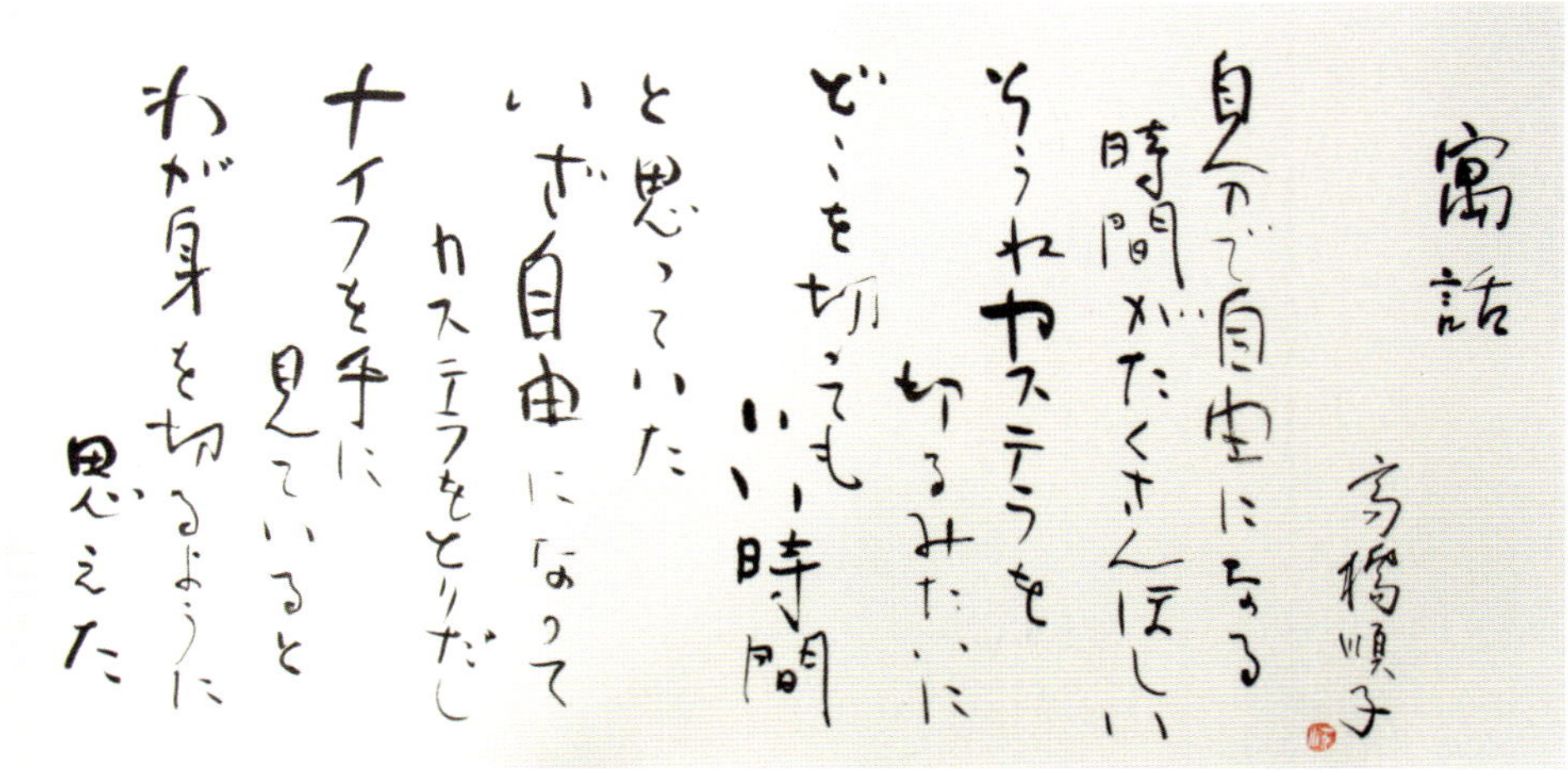
寓話
高橋順子
自分で自由になる
時間がたくさんほしい
ちょうどカステラを
切るみたいに
どこを切っても
いい時間
と思っていた
いざ自由になって
カステラをとりだし
ナイフを手に
見ていると
わが身を切るように
思えた

「寓話」

——高橋順子

三四・五×六五（㎝）

『凪』（一九八一）より

どう消費しても許されるような「自由」がほしいと「青春期」には錯覚しがちである。ところが、自由はわが身を切るのと同じほどに辛いものだと自覚するのも青春期である。「寓話」のかたちで高度の思想をやさしく教えてくれる詩、これこそ現代詩である。

©MARIO　A.

高橋順子

（たかはし・じゅんこ）1944 ～

千葉県生。詩人。詩誌「歴程」同人。出版社勤務などを経て87年『花まいらせず』で現代詩女流賞、90年『幸福な葉っぱ』で現代詩花椿賞、96年『時の雨』で読売文学賞を受賞した。小説、エッセイなども手がける。

『凪』（一九八一）

●エッセイ

自分勝手だったこと

高橋順子

掲出詩は二十代後半ころのことで、青春時代といっていいのだろう。確かに疲れを知らぬ時代で、夜々はよく眠れたが、あのころにもう一度戻りたいかと訊かれたら、いいえ、もうけっこうです、というのが、この稿を書き始めるときの気分である。

当時詩を書く友人たちがいて、その中の一人が、自分の書いた詩をある人に見せたら、寓話だと酷評されたと話していた。私のこの詩も、自由をカステラに譬えているのだから、寓話にちがいない。

大学卒業後、最初に勤めた会社が一ヵ月後に倒産し、下請け会社に拾われたのだが、仕事も仕事の面白さもまだ分かっていない社員にとって、勤務時間は束縛と感じられた。下請け会社というのは、頭の上が塞がれていて、青空の見えない気分を強いられるところだった。勤務から外れた時間がおいしいものに見えた。ところが事情があってその社も辞め、自由になると、おいしい時間などというものはない、と分かる。不安だらけだった。うまく説明できないが、自由な時間は何をしてもぜんぶ自分が責任を負わねばならぬ時間、というような考え方をしていたと思う。しかしそれが未来の自分に対しての責任であるというふうな、向日性はもっていなかった。「ナイフ」だの「切る」だのという青春期の血気をあらわす言葉からすると、自傷に向かっていた、といえるのだろう。早晩わが身を切り売りすることになる、というつらい予感もあった。

老年に至ったいま、私のナイフの刃は錆びて、ぼろぼろ欠け、役に立たなくなっている。カステラも固くなって、おいしくなくなっているだろう。私はそんなふうな、なだめられ方をしている。誰に、といえば、時間に、である。おいしくなくなったカステラを見ても、食欲はなく、おまけに食べる手だても損なわれているので、私の心は穏やかである。

学生時代は夢を見ることしかできない、無力な時代だった。恥ずべきことは多々あるけれども、その一つは「なんか、いいこと、ないかしら」とよく口にしたこと。なんとも甘えた言いぐさだった。その言葉を発した自分自身を、いまは許したくない。私は関わらなかったが、間もなく烈しい学生運動が展開されることになる時期だった。

私は四十九歳になって晩い結婚をしたのだが、相手に「順子さんには射倖心がある」といわれてしまった。広辞苑を引くと、「偶然の利益を労せずに得ようとする欲心」とある。私はその年まで、まだ娘のような目をしていたらしい。そのとき愕然とし、翻然として改めることにしたのである。いいことを期待しなくなった。「なんか、いいこと、ないかしら」を禁句にした。いいことを引き寄せるためには、自分が動かなくては、と思うようになった。現実的になったのだろう。そのとき永かった私の青春が終わったともいえよう。

青春時代の悔いは、徹頭徹尾自分勝手な恋をしたこと。自分が苦しければ、相手も苦しむべきである、と恐ろしいことを思っていた。うまく行くはずがなかった。自分を知り、制御するために、詩を書きはじめていた。詩を書くことが救いだった。さみしい独り言のようなものだった。遠い時間を経て、やっと当時の相手のことを思いやることができるようになった。恥ずかしい話である。

頭をむずとつかまれて、目をそむけずに見なさい、というこのたびの企画がなければ、私は暗い時期のことを、ああ暗いと思うだけで、通り過ぎていただろう。見ないことで前に進めた、と言ってもいい。しかしその時期、私に恵まれた人やものに対して、それらを強いて忘れてしまおうとしていたことについて、またしても自分勝手だったことを詫び、反省しないわけにはいかない。裕福ではない肉親に精神的経済的に扶けられ、道をつくってもらったこと、親友と呼び、盟友と呼べる人たちを得たこと、敬愛する人たちの仕事に間近に接することができたことも、この時代だった。

いまある私の基礎をつくってくれたのがこの時代だったのだが、見方を換えれば、ありえたかもしれないもう一つの道が念入りにふさがれ、消されていったのが、青春時代ともいえる。その道が、晴朗なものであるかのように思えるとき、青春時代に立ち返り、生きなおすことは苦痛になるのだが、よそ見をすることは、もう止めにしないわけにはいかないだろう。あの時代にこそ、感謝すべきなのだから。

第四部

闘争と喪失・新しい世代

解説・中村稔

叶えてやろうじゃないか

荒川洋治

このところ怒りっぽくなった
雨という予報なのに
晴れてしまうときのようなわけのなさだが
景色
あわよくば
気色
で生きようとみずからをはじめたのだ
昔から知能指数が低い（一〇八）のに
短気で
家もないのに家を飛び出したり
テーマもないのにこうして詩を書いたりで
あげくには朗々と
生きてみたり……
芸術家小説のサブ・ノートの罠にひっかかっ
ているみたいだ
勿論ひっかけたのは自分
喩えとしては
これでも弱い
弱いなあ
「夢中で飛び出し」
と今、テレビがしゃべった
叶えてやろうじゃないか
丁目をまたぐくらいの
飛び出しは
さびしさだ
もうもうとしたさびしさ
家出が横断歩道をわたる
小学生ほどもこの町を知らない

「叶えてやろうじゃないか」

――荒川洋治

『あたらしいぞわたしは』（一九七九）より　二六・五×三八（㎝）

言葉が一見粗雑なようにみえるが、じつは一言一句こまやかに選びぬかれている。戦後に成長した青年の自由な魂の叫びをこれほど見事に表現した詩は稀有といってよい。それこそ現代詩の一の到達点がここにある。

1977年9月

荒川洋治

（あらかわ・ようじ）1949～

福井県生。現代詩作家。71年に刊行した第一詩集『娼婦論』で小野梓芸術賞を受賞しデビュー。76年『水駅』でH氏賞、2000年『空中の茱萸』で読売文学賞、05年『心理』で萩原朔太郎賞、06年『文芸時評という感想』で小林秀雄賞など受賞多数。詩集出版専門の紫陽社を主宰、多くの新鋭詩人を世に送り出してもいる。

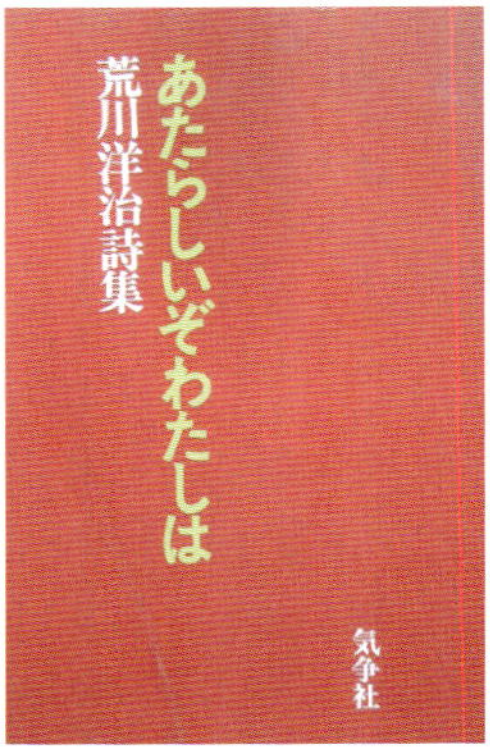

『あたらしいぞわたしは』（一九七九）

素顔

井坂洋子

服のように
簡単に顔をぬげなくて
苦しい

声をかければ楽になるが
瞬間に
逃げてしまうだろう
気持をこらえて
目を中心に

二百二十二文字原稿用紙

ものすごい速さで混み合う
あなたの表情を
両手で支え
くるしんでいるうちに
呼吸をするように
ふっと
素顔になる

目を閉じる
しきりに何か降ってくる
真昼

二百二十二文字原稿用紙

「素顔」

——井坂洋子

二五・五×一八(cm)

『朝礼』(一九七九)より

私たちは社会生活において仮面をかぶって生きているようだ。ことに社会とはじめて接した青春期、私たちは素顔を忘れている。しかし、目を閉ぢると、真昼、何か降ってくる。降ってくるのは私たちに未知の生だ。この作品は戦後詩中の傑作の一といってよい。

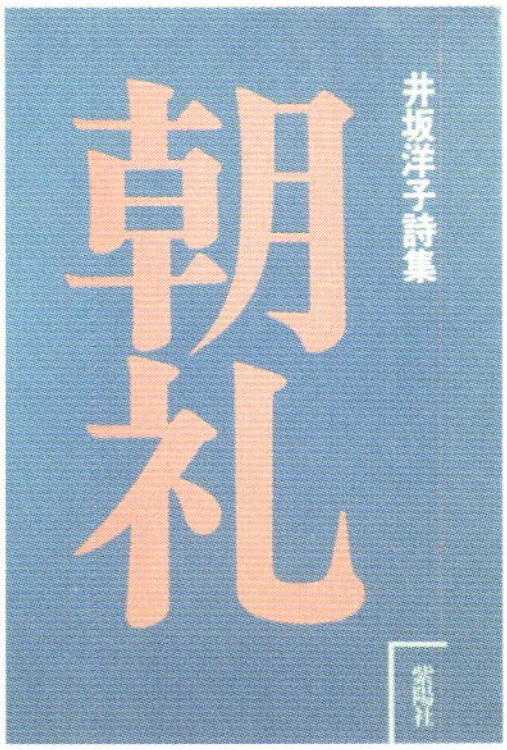

『朝礼』(一九七九)

井坂洋子

(いさか・ようこ)1949 ～

東京都生。詩人。富岡多恵子、牟礼慶子の詩と出会い詩作を開始。83年『GIGI』でH氏賞、95年『地上がまんべんなく明るんで』で高見順賞、2003年『箱入豹』で歴程賞、11年『嵐の前』で鮎川信夫賞。著書に評論『永瀬清子』など。

●エッセイ

発光することば

井坂洋子

私は一九四九年生まれで、戦後のベビーブーマーのひとりである。七〇年代はまるまる私の二十代にあたる。

大学に入ったその年、学園闘争で学生が校舎（の一部）を占拠し、大学側が学校を封鎖、半年間休校が続いた。私は政治運動に関わってはいないし、関わろうとも思わなかったが、それでも反戦思想や自己改革という考え方の洗礼とは、まるで無関係というわけではなかった。ベトナム戦争が収束し、その後のオイルショックなど世の激しい動きの中で、私の個人的な七〇年代は、学生から勤め人となり、結婚、出産、そして詩集を出すというさまざまな出来事が集中して起きた時期である。

自分がその道を選んだというのに、あらかじめ決められたひとつの流れに乗ったかのようだった。その間に「青春」はとっくに過ぎた、という感覚もあった。

「青春」とは外側の眼からの区切りだろう。私には、そのときどきを生きていたという思いしかない。「青春」ということばには、それを自分のものとして引き寄せられない強い照り返しがあると思う。

けれど、今振り返ってみると、十代のころから長い間中断していた詩作（というほどのものではないのだが）を、二十代半ばにもう一度始めたときから、「青春」が復活したのではないかと思う。投稿がきっかけで、詩集を出せる道がひらけたときは嬉しかった。そのとき、自分の生きている空気感をことばでつかまえる喜びを感じていたのだ。

最初の詩集には、学校生活のことが数篇収まっている。が、それは回想を書こうとしたのではない。生きていく上で、どうも窮屈に感じられるこの自縛の縄を解いて、ひたすらになれる場が他にあるのではないか、という思いは、遅刻の多かった高校時代に原点があると思ったのだ。

学校はできれば行きたくなかった。この濃紺の制服を一生脱げないのではないかと感じていた。〝いやだ〟の中にいると、自分の意識や意志のようなものが確かめられる気がする。しかしそんなものは、じつは意志とは無縁である。抑圧されたエネルギーが出口を求めているに過ぎない。〝いやだ〟の囲いを抜け出せば、ただ さびしい薄靄がひろがっていて、発光する自分の体の輪郭しか残っていないのだ。

高校の制服を脱ぎ、大学の新しい時間の中に身を置いてみると、抱えていた鬱屈が、たわいないもののようにしか感じられなかった。世が世であるというのに、ひらひらと蝶のように遊び暮らした。それから長い間、詩を書く側ではなく、読む側に回っていたのだが、結婚、出産を経て、将来の見取り図が見えたかのような気分になり、根が風来坊の私は、それに抗うようにしてまた詩作を始めた。ただ過ぎ去っていく日々を掘り起こしたいという気持ちもあった。

紫陽社（社主・荒川洋治氏）で、シリーズの一冊として私の詩集を企画しているという連絡があり、せっせと書いた中に「素顔」という一篇がある。これは高校時代のことではなく、それ以降の体験がもとになっているが、〝性〟という扱いにくいものに、じかに向き合わざるをえない、その感覚を書いたものだ。相手の異性を運命のように感じていたり、肉親のように好きであったりしても、心と体はすれ違う。しかし、行為によるつながりが全くないわけではない。孤独な者同士が、肉体を介してそこで何をやり取りしたのだろうかと思う。性の行為の習慣がない者が、突然当たり前のように行うそのことは、十代の頃にはタブー視されたものでもあった。後ろめたく背徳的な感情がどうしてもつきまとう。なのになぜそれが解禁となるのか。それは、強いられていた制服着用から、卒業した翌日から開放されるのと似ている。

私はどうも、世のルールがよくわからない。腑に落ちないというその違和が、書きたい衝動と結びつくようなのだ。ことばによって何かを認識するというより、その事柄をありふれた物言いや世間的なことばの並べ方でなく、もっと自分の感覚や気持ちに即したものとして（自分の翻案として）差し出したい思いがあった。

現代詩は、私にとってじつにふさわしい表現手段だったと思う。今もそれは変わらない。けれどもその詩を読み返して、今の自分とは遠く隔たりがあるようにも感じる。三〇代の始め頃までの自分は、まるで違う人間のようにも思えるし、環境は激変したとしても、自分という核は変化がないようにも思える。

その当時、矢野顕子さんが「素顔」に曲をつけて歌ってくださった。思い出深い一篇なのだが、斬新なその曲を聴いたときに、自分が抱きしめていたことばが、ある種共有のものとして伝播されていくことが、なんとも不思議なことに思えた。

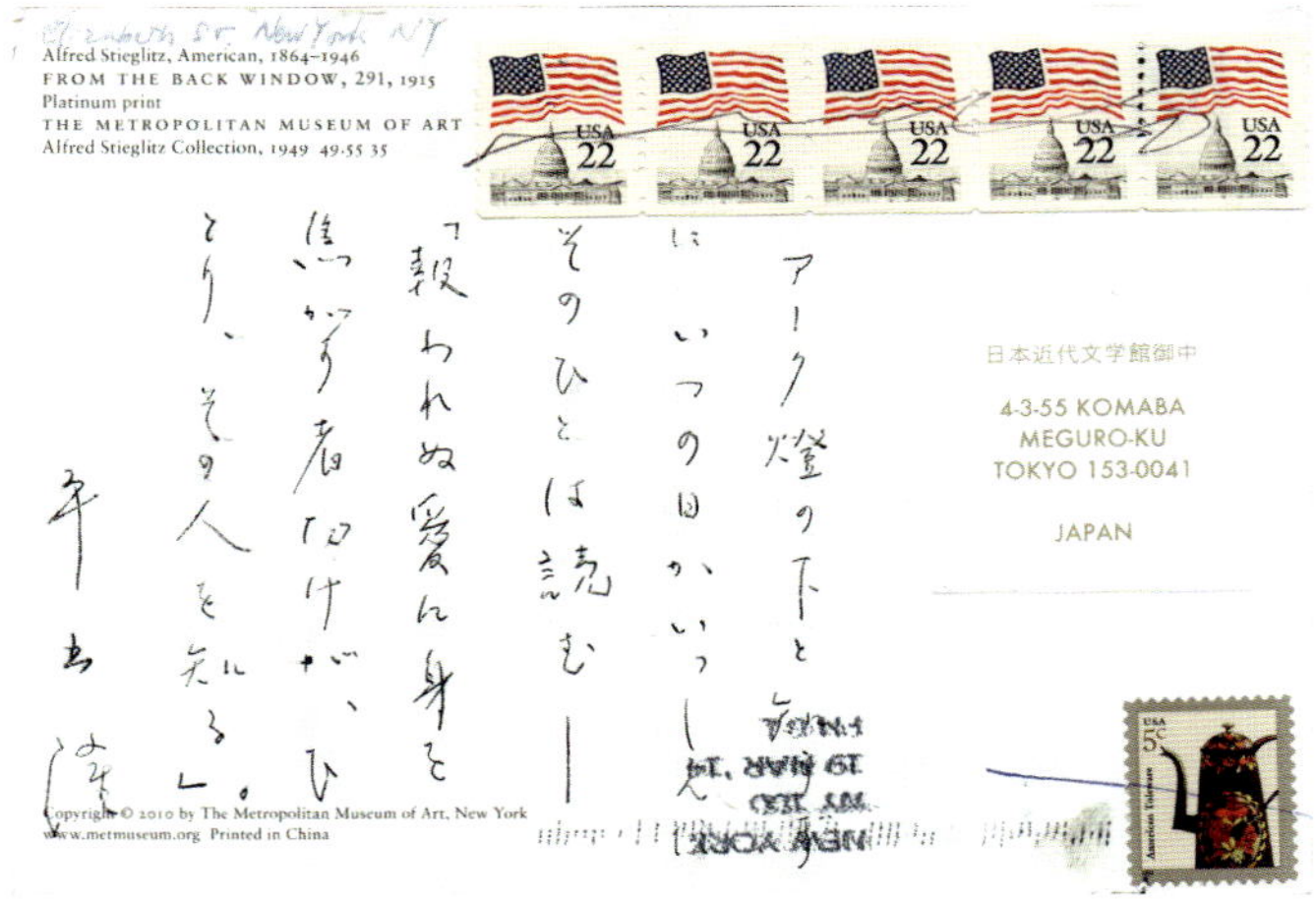

『胡桃の戦意のために』より

——平出隆

一二×一七（㎝）

『胡桃の戦意のために』（一九八二）より

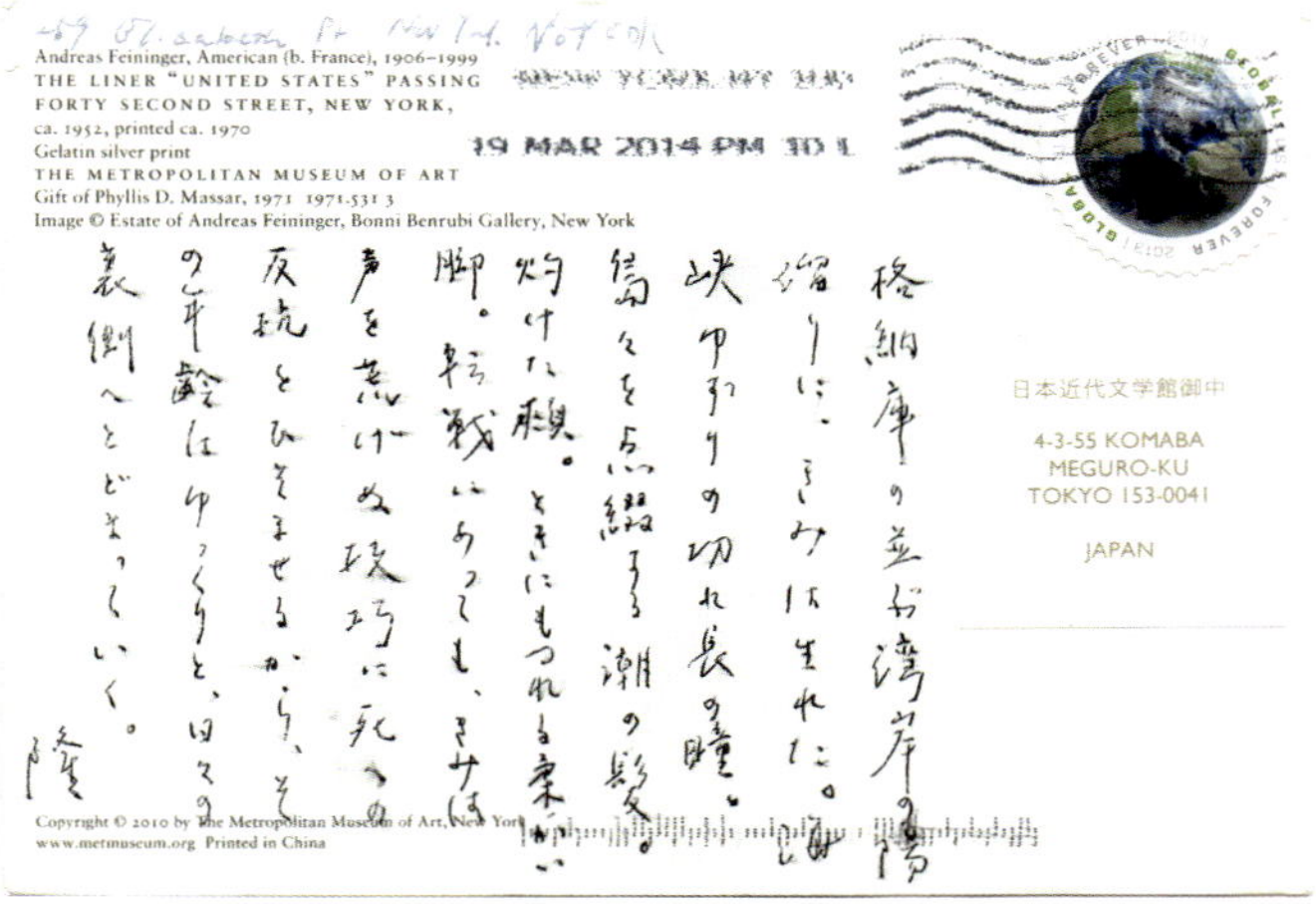

259 Elizabeth St New York NY USA

Andreas Feininger, American (b. France), 1906–1999
THE LINER "UNITED STATES" PASSING
FORTY SECOND STREET, NEW YORK,
ca. 1952, printed ca. 1970
Gelatin silver print
THE METROPOLITAN MUSEUM OF ART
Gift of Phyllis D. Massar, 1971 1971.531.3
Image © Estate of Andreas Feininger, Bonni Benrubi Gallery, New York

19 MAR 2014 PM 10 L

日本近代文学館御中
4-3-55 KOMABA
MEGURO-KU
TOKYO 153-0041
JAPAN

格納庫の並ぶ湾岸の陽
溜りに、きみは生れた。細い
峡ゆかりの切れ長の瞳。
島々を点綴する潮の影が
灼けた頬。ときにもつれる長い
脚。転戦にあっても、きみは
声を荒げぬ技巧に死への
反抗をひそませるから、その
年齢はゆっくりと、日々の
裏側へとどまっていく。
隆

Copyright © 2010 by The Metropolitan Museum of Art, New York
www.metmuseum.org Printed in China

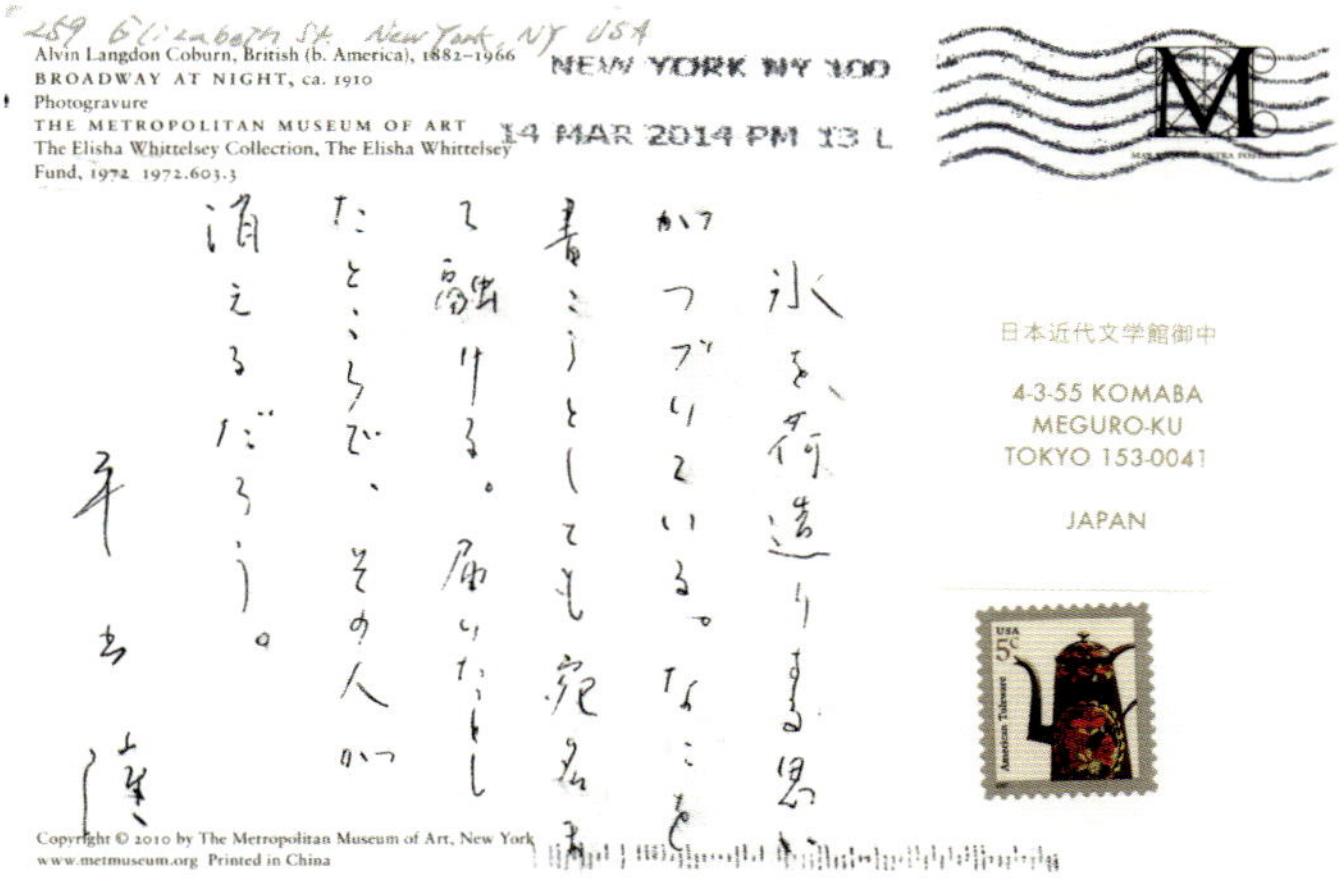

259 Elizabeth St New York NY USA

Alvin Langdon Coburn, British (b. America), 1882–1966
BROADWAY AT NIGHT, ca. 1910
Photogravure
THE METROPOLITAN MUSEUM OF ART
The Elisha Whittelsey Collection, The Elisha Whittelsey Fund, 1972 1972.603.3

NEW YORK NY 100
14 MAR 2014 PM 13 L

日本近代文学館御中
4-3-55 KOMABA
MEGURO-KU
TOKYO 153-0041
JAPAN

氷を、何遍りする思い
かつ つづいている。なにを
書こうとしても犯ねて
て融ける。届いたとし
たところで、その人が
消えるだろう。
平出 隆

Copyright © 2010 by The Metropolitan Museum of Art, New York
www.metmuseum.org Printed in China

17章から成る散文詩形式の断章から成る『胡桃の戦意のために』の中の四章である。この前衛的作品をどう読むかは読者の自由である。固い殻をもち、複雑な壁の中に樹液をうるおす胡桃は、青春期の私であり、恋人であり、それらは静謐の中にいつ爆発するかもしれない可能性をもっている。その多様さを詩人は111章にわたって形象化したのである。

1984年、阿佐ヶ谷ランボオにて
(相田昭撮影)

『胡桃の戦意のために』(一九八二)

平出隆

(ひらいで・たかし) 1950 〜

福岡県生。詩人、作家、批評家、装幀家。1984年『胡桃の戦意のために』で芸術選奨文部大臣新人賞、94年『左手日記例言』で読売文学賞、2004年評伝『伊良子清白』で芸術選奨文部科学大臣賞、造本装幀コンクール経済産業大臣賞など受賞多数。

●エッセイ

郵便とともに

平出隆

若い頃の呼吸の苦しさがどのようなものであったか、思い出せるようで、じつは思い出しているかどうかさえ、これはきわめて怪しい。
弱年の思い出とはそんなものだ、といえばそれまでだが、モノに即して手繰っていけば、少しは見えてくるような気がする。
郵便とともに苦しさはあったようだ。

　　手紙や葉書が届くということは恐るべきことです。そうではありませんか。郵便ポストや電話の受話器がのぞかせる闇の空洞は、久しくぼくの恐れてきたものです。

或る人に宛てた便りの中で書いた。総じて、そんなふうにいえた。送るべきか、送らざるべきか、その迷いは郵便ポストの口を覗くときまでつづいた。受話器を取ってダイヤルを廻しても、最後のひとつの数字の回転を完遂させないで、受話器を置く。そんなことが継起していく日々があった。

右の便りは次のようにつづく。

ここでの日々には、毎日のようになんらかの便りが、海を越えて訪れてくれましたが、それらを、おののきとともに読みはじめなかったことはありません。差出人とのあいだに、いったいどのような距離があるのか分らない、と思うからです。しかもそれは、差出人がだれであるかにかかわらないおののきなのです。だからすぐに消えてしまい、いつまでも正体を明かしてはくれないおののきなのです。

はじめて海外に住んで、はじめて郵便というものが見えてくる気がした。実際、同じ知人からの便りが、これまでとちがった文面となって届くという場合がいくつもあった。個別の関係で、あらためてあたらしい心持ちで向き合う、といったことが起きたのだ。人情としてあたりまえのことのようだが、それは海をへだてたからだけではなくて、それもあるが、海のへだてによって郵便が、電話が、ようやく見えてくるということのように思えた。

郵便というものが見える。電話というものが見える。

右の引用は一九八五年の記述で、もはや青年期を過ぎている。しかし、十代からその三十代半ばまでつづくことがすべて、「闇の空洞」に関わっていた。そしていまもその残像を、私の身体は瘢痕のように抱えていると感じられる。

今日という時代、すなわちインターネットで便りが飛び交う時代には、送信にはためらいの間も決断の息継ぎも許されていないかのようだ。しかし、郵便、すなわちモノとしての便りはかえっていっそう、強度と翳りを加えているのではないか。

先の私の葉書の宛先である、架空の国の切手を描いたドナルド・エヴァンズと、葉書や電報をそのコンセプチュアルな作品としてきた河原温と、二人のそれぞれに特異な画家たちからの強い示唆、揺らぎのない啓示によって、私は自分の中のあの「闇の空洞」へのおそれを、おそれのままに抱え込む術を、いつからか学んだらしい。

二〇一〇年の秋から、郵便は、とうとう私にとって、身体の一部になりつつある。自分の書いたもの、書くものをすべて、郵便のかたちにしてしまおうという構想を、実践しはじめたからである[via wwalnuts 叢書]。

身体の一部に、とはあの「闇の空洞」を瘢痕のようにしてしまうという意味でもありそうだが、作品を郵便として書いていくことがなにか、青年期からの課題の克服のようでもある。瘢痕化しつつあるとはいえ、そのおそれとの間柄はまだつづいているのだから、私の青年期もまた、どこか深くでつづいているのかもしれない。

坂のある町

小池昌代

坂のある町を歩くと
空がきゅうに
近くなったり　遠くなったりした

坂の途中には竹林がある
こがらしのふく夕方に通りすぎるとき
つめたい水で　ほそい骨を
洗っているような音がして
黒目がすこしずつ脱色されていく

そして　くだり坂
わたしのなかへも
坂と同じだけの傾斜が
ゆっくりかかり始めた
きのうついたうそをひとつぐらい

はくじょうするのによい角度
とこいびとに背中をおされる
ポケットには分度器を
わたしのものさし
にして
もち歩く

「坂のある町」

――小池昌代

二五・五×三六（cm）

『水の町から歩きだして』（一九八八）より

知性と感性の均衡がとれ、しかも諧謔に富んだ秀作。昨日ついた嘘のひとつくらい、白状するのによい角度だ、と恋人が背中を押すのにちょうど良い角度の傾斜をもつ坂だ、という。思わず微笑に誘われながら、恋人といる坂の風景が彷彿とする感がある。

『水の町から歩きだして』（一九八八）

小池昌代

（こいけ・まさよ）1959 ～

東京生。詩人、小説家。88年に第一詩集『水の町から歩きだして』刊行以後、詩と小説を発表。97年詩集『永遠に来ないバス』で現代詩花椿賞、99年『もっとも官能的な部屋』で高見順賞、2010年『コルカタ』で萩原朔太郎賞など。また、短篇小説「タタド」で07年川端康成文学賞を受賞した。

●エッセイ

青春を終わらせる方法

小池昌代

初めて詩集をまとめたのは、二十九歳のときだ。出来上がってきた本の帯に、「青春の挽歌」と書かれてあった。わたしは驚いた。

えっ、これって、そういう詩集だったのですか！

青春の記念や思い出に、一冊をまとめたわけではなかったし（とはいえ、野心をもって、挑んだわけでもないが）、挽歌を書いたつもりもまったくなかった。人間は、年齢では計れない「青春」というものを、無意識のうちに引き伸ばしていることはあるにしても、二十九歳で青春に別れを告げるっていうのも、とうがたちすぎてて恥ずかしい。

そのときは、そうして違和感が募ったのだったけれど、振り返ると、やっぱり、あのとき、何かが終わった。

人生のどんな行動も、まずは為される。「意味」が付着し始めるのは、生きてしまった、ずっとあとのことだ。

わたしにとって詩集をまとめたことは、最初はただ、割り箸を束ねたことくらいのことだったのに

（そのあと追いかけてきた、制作費の捻出は簡単なことではなかったが）、そんな勝手なことをしてしまったせいで、それまでの、永遠にだらだらと続くかに見えた人生に、区切り目が入ることになった。区切ろうとしたわけではなかった。自然、そのように、人生が方向を変えた。本を作るのは怖いことだ。本を作ることで、わたしは、何に終わりを告げたのか。人と別れ、会社を変わり、また別の人と出会い、わたしは、長い、身勝手な、自分一人の王国が、崩壊間際にあることを感じた。

しかしまだ、青春が、本当に終わったわけではなかった。そのあと、やっと、本物がきた。わたしは結婚をしたのである（再三、恥ずかしいが、これも遅すぎる）。

わたしのなかには、今でも、結婚というものに「花嫁の死」というイメージがついていて、離れない。死んだこともないのに僭越だが、確かに結婚によって、「細胞」の一部が死ぬ。入れ替わる、というべきだろうか。あれが「死」でなくてなんだろう。たかが結婚で何が死ぬのか。女のひとが、みな、そうなのかはわからない。男のひとはどうなのか。死ぬのか生きるのか。相手によるのか。

自分で選んだことだったし、決して昔のひとのように、いやいや、仕方なく、結婚したわけではない。わたしはむしろうれしかった。初めて実家を出るのだった。自分で生活を組み立てていくのだった。同時に、自分は、今までとは、全く異なる世界へ行くのであるともわかった。とり肌がたつような恐怖だった。

子供の頃に、「詩」を求めていくのだ、と決めたにもかかわらず、その「詩」は、文字通りの青春期に、決して言葉という形に固まってはくれなかった。固まらないマグマ状のものが、わたしのからだのなかを激しく流れていた。あらゆるところに詩があった。感じることで精一杯だった。詩は青春のものなのか。わたしの場合は違う。言葉がかたまりはじめたころ、わたしはもう、若さを持たず、その終わりから、ようやく書くことを始めた。

幼なじみや家族は、今でも時々言う。

むかしはなんだか、やたらとむずかしかったよね。おかしなファッションだったし（これは今でも、ドクトクね、と言われることがあるけど）、ちょっと、いやだいぶ、変わってた（今もそうかも）、はっきり言って、狂ってたわよ（これは家族がよく言うのだが）……。

何が狂っていたのかしら？

今はまともになったのかしら？

苦しかった。若いころは。もう一度、青春を繰り返せと言われたら、わたしはもう、生きようとは思わない。

誰かが火をつけたわけでもないのに、自発的に燃えてしまうという「山火事」のことを知ったとき、なんだか思い当たるような、不思議な感触を覚えたのだったが、そう、わたしは、若いころの自分を見たように思ったのだ。

自然発火でいきなり燃え上がり、周りの迷惑など少しも考えない。もう、あの山（若き自分）には、絶対近寄りたくない。あのころのわたしは、今よりずっと若く、ずっと可愛いらしい顔で、写真には映っている。でもわたしは、白髪だらけしみだらけの今のほうが、ずっとずっといい顔だわと、心の内で思ってる。なんというかなあ、自分で自分の顔を、今はしっかり、所有しているという感覚がある。

若い頃の自分は、自分でもうまく手懐ける自信がない。人間とも思えぬ、嫌なかたまり。幾度も死んで、今があるのに、もう思い出したくもない。ドラム缶につめて、太平洋の彼方へ、ざぶん。投げ捨ててしまいたい。

さよなら。青春。

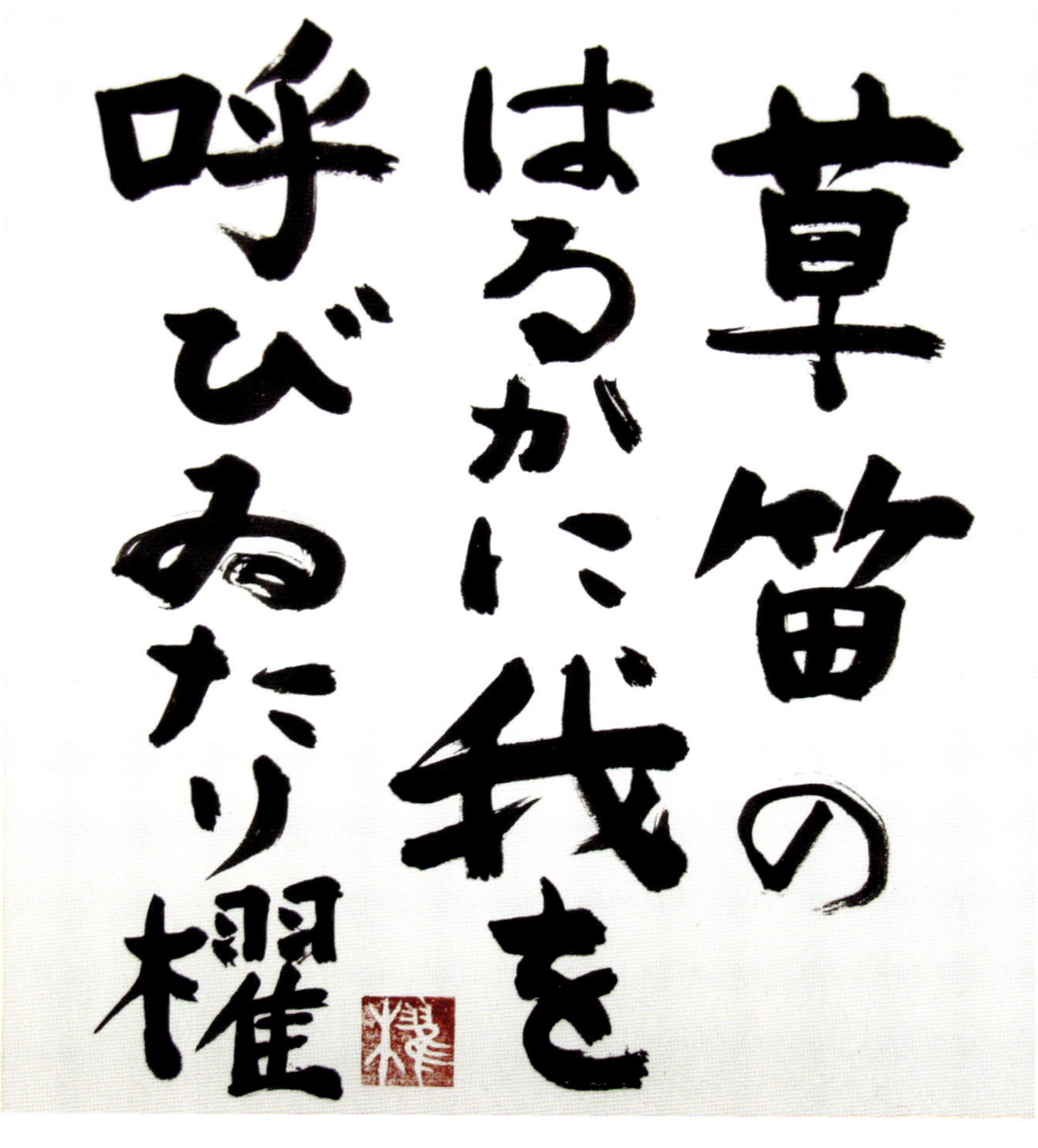
草笛の
はるかに我を
呼びみたり
櫂

草笛のはるかに我を呼びゐたり

——長谷川櫂

二七×二四（㎝）

『鶯』（二〇一一）より

いつも私たちを呼び、私たちを待っている者がいる、とはたんに希望にすぎないかもしれないのだが、私たちはそうした希望によってこそ生を營むことができる。「草笛」が我呼ぶという表現が非都会的、非近代的なので、逆に生き生きした効果をあげている。

『鶯』（二〇一一）

君を訪ふ
我は五月の
夜風かな
櫂

君を訪ふ我は五月の夜風かな

——長谷川櫂

二七×二四（㎝）

『吉野』（二〇一四）より

恋人の許を訪れる自分は五月の風のように爽かな存在でありたい、とうたった率直さがこの句の魅力である。

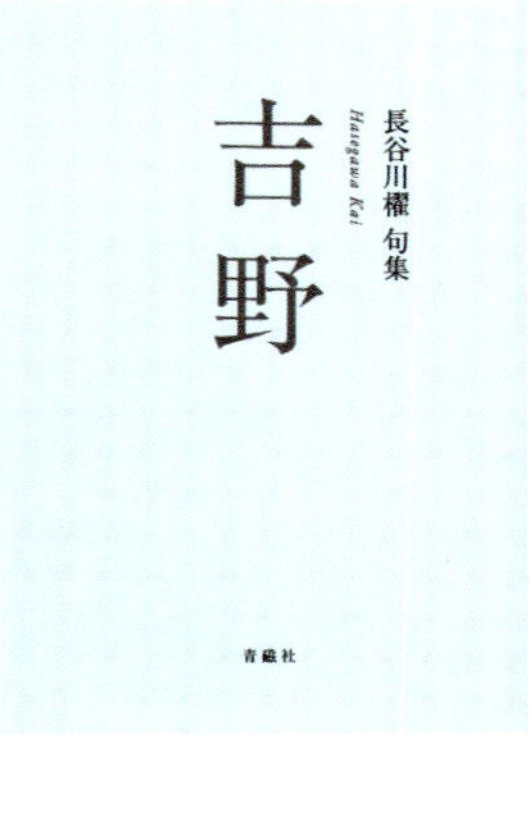

『吉野』（二〇一四）

若き日に
埋めたる火を
忘れけり
櫂

若き日に埋めたる火を忘れけり

——長谷川櫂

二七×二四（㎝）

『吉野』（二〇一四）より

青春過ぎやすく、帰ることはない。そのまま埋れて、何を考え、どう行動したかも忘れてしまうような魂の動乱の時期が青春である。

長谷川櫂

（はせがわ・かい）1954～

熊本県生。俳人。季語と歳時記の会代表。朝日俳壇選者。平井照敏、飴山實に師事し、読売新聞記者を経て俳句に専念。90年『俳句の宇宙』でサントリー学芸賞、2002年句集『虚空』で読売文学賞を受賞。

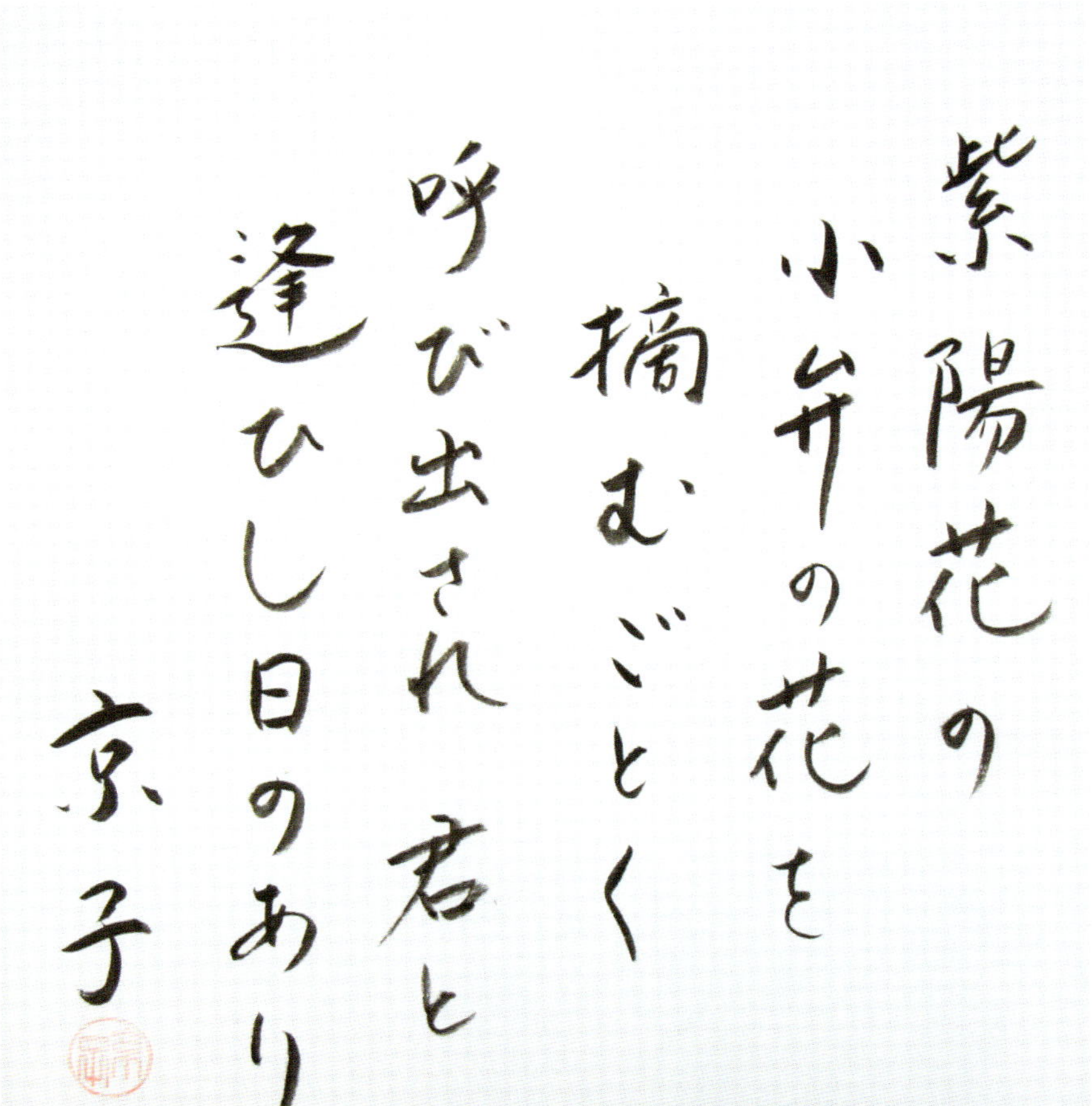
紫陽花の
小弁の花を
摘むごとく
呼び出され君と
逢ひし日のあり
京子

紫陽花の小弁の花を摘むごとく呼び出され君と逢ひし日のあり

――栗木京子

二七×二四（㎝）

『水惑星』（一九八四）より

青春期の心の純眞さがそのまま歌になったような作であり、それだけに心に残り、誰もが懐しく思いだすにちがいない。

『水惑星』（一九八四）

栗木京子

（くりき・きょうこ）1954～

1979年

愛知県生。歌人。読売新聞歌壇選者。75年「コスモス」入会、その後高安国世に師事し「塔」入会。95年『綺羅』で河野愛子賞、2003年『夏のうしろ』で若山牧水賞、読売文学賞、06年『けむり水晶』では芸術選奨文部科学大臣賞、山本健吉文学賞、迢空賞を受賞した。

●エッセイ

出町柳の風

栗木京子

昭和五十二年、二十二歳の私は京都大学を卒業。静岡県浜松市の市役所に就職した。当時、両親が浜松在住だったので、親元から通える就職先を探したのである。運よく市役所に入ることができ、教育委員会社会教育課に配属された。ただ、一年も経たないうちに浜松での暮らしが苦痛になってきた。仕事に不満があるというより、両親との軋轢が原因である。門限は午後八時、男友達からの電話は取り次がない、といった親の厳しさに「小学生じゃあるまいし！」と反発。ついに家を出ることを決意した。普通なら、アパートを借りてそこから勤めに通う、という選択をするであろう。だが浅はかにも私は、市役所に辞表を出し、無職になって京都に戻ってしまったのであった。

新しく住む場所として京都を選んだのは、大学時代の知り合いや短歌の仲間がまだたくさんこの地にいたからである。つまり、もう少し学生の延長のような時間に浸っていたかっただけ。今でいう「モラトリアム」の心理状態である。往生際悪く、モラトリアムのアドバルーンにしがみついていたかったのだ。

ちょうど都合よく、就職して京都を離れることになった後輩がおり「家具も残していくから」というので、彼女の住んでいた部屋をそのまま借りることにした。京大の北部キャンパスに近い左京区田中飛鳥井町の下宿。一階に大家さん一家四人が住み、二階にはたしか五部屋あったと思う。私以外の全員が女子学生であった。四畳半、風呂なし、トイレと炊事場は共同。もちろん電話などない。今から三十五年ほど前の下宿はたいていそんなものであったが、じつは大学生の四年間、私はかなり恵まれた住環境にあった。大学院生の兄と共に暮らしていたため、一軒家を借りていたのだ。葵祭で知られる下鴨神社に近い古い町家で、ノーベル物理学賞の湯川秀樹博士の家が近くにあったのが、なぜかうれしかった。親からの仕送りに頼りながらの優雅な生活で、我ながらいい気なものであった。

ところが、京都に舞い戻ったそのときは、すでに兄は卒業して上京していたので、当てにするわけにいかない。自給自足の生活では四畳半の下宿が精一杯なのであった。窓を開けると、少し離れた養豚場からプーンと糞尿の臭いが入ってくる。それに、風呂がないのには困った。下宿のすぐ隣に銭湯があったのだが、午後十一時に閉まってしまう。晴れて親の束縛から解放されたのに、今度は「銭湯の門限」に泣かされることになるなんて。

京都では、学習教材を扱う小さな出版社で編集補助の仕事をやっと見つけた。学生時代にここでアルバイトをしていたので、その伝《つて》で頼み込んだのである。それだけでは生活費が足りず、週に二回家庭教師もしていた。安定した公務員の立場を捨ててもったいない、という人もいたが、後悔は全くなかった。もともと呑気な性格だったこともあるし、何よりも若かったからだろう。その日暮らしの節約生活は、むしろ新鮮に感じられた。

家計簿というか、金銭出納帳のようなものを付けたのは、私の人生であの時期だけだったなあ、と思う。付近には学生下宿が多く、夜遅くまで開いている小さな食料品店があった。そこでは食パン一枚、卵一個、葱一本という単位で買い物をすることができた。最小限の材料をいかに無駄なくおいしく料理できるか。出納帳と睨めっこしながら工夫した。健気だったなあ、と自分が愛おしくなる。

以前に所属していた研究室の友人や勤め先の人たちともよく遊びに行ったが、最も濃密に交流したのは短歌の仲間たちであった。学生時代に学内サークル「京大短歌会」に入っていた私は、顧問の高安国世先生（歌人でドイツ文学者）の主宰する「塔」短歌会の集まりにも顔を出していた。月に一度、高安先生を中心にして歌会が開かれる。大ベテランから学生まで、毎回三十名ほどが集まっていたと記憶している。

現在「塔」の主宰を務めている永田和宏氏も、この歌会に出席していた。氏は今でこそ京都大学名誉教授、京都産業大学教授として細胞生物学の研究の中枢で活躍しているが、その頃は京都大学胸部疾患研究所の無給の研修員であった。妻と二人の子を養うため学習塾で講師をしながら、休む間もなく実験と、さらに短歌の創作に奮闘していた。氏はたぶん睡眠時間二、三時間の状態で「塔」の歌会に来ていたと思う。だが、テンションはつねに高く、歌会のあとの飲み会で私たち後輩はよく叱られたものである。「君たちの目指す歌人像を一人ずつ言ってみろ」と言われて、口ごもっていると「こころざしが低すぎる」と切って捨てられる。「A君は塚本邦雄論を書け」「Bさんは岡井隆の最新作を読み込め」と各々にテーマが与えられた。私は「葛原妙子を目標にせよ」と課題をもらった。葛原は心惹かれる歌人で、以来今日まで折にふれて読み返している。しかし永田氏からの宿題はなかなか果たせそうもない。

四畳半での私の「青春のやり直し」は一年半ほどで終わった。知人の紹介で出会った男性と結婚し、京都を去ったからである。その後は京都に住む機会のないまま年月を重ねているが、「塔」の会合などで一年に数回は京都を訪ねる。そんなとき、時間を見つけて左京区田中上柳町の出町柳のあたりに行ってみることがある。

ここは賀茂川と高野川が出合って鴨川となるデルタ地帯で、今は公園になっている。かつて私は、下宿から叡山電車（叡電）に乗って出町柳まで行き、そこから徒歩で葵橋を渡って出版社に通っていた。

川の光が木々を輝かせる出町柳には、いつも新しい風が吹いている。私の青春は今もここにあるなあ、と水辺に立つたびに感じるのである。

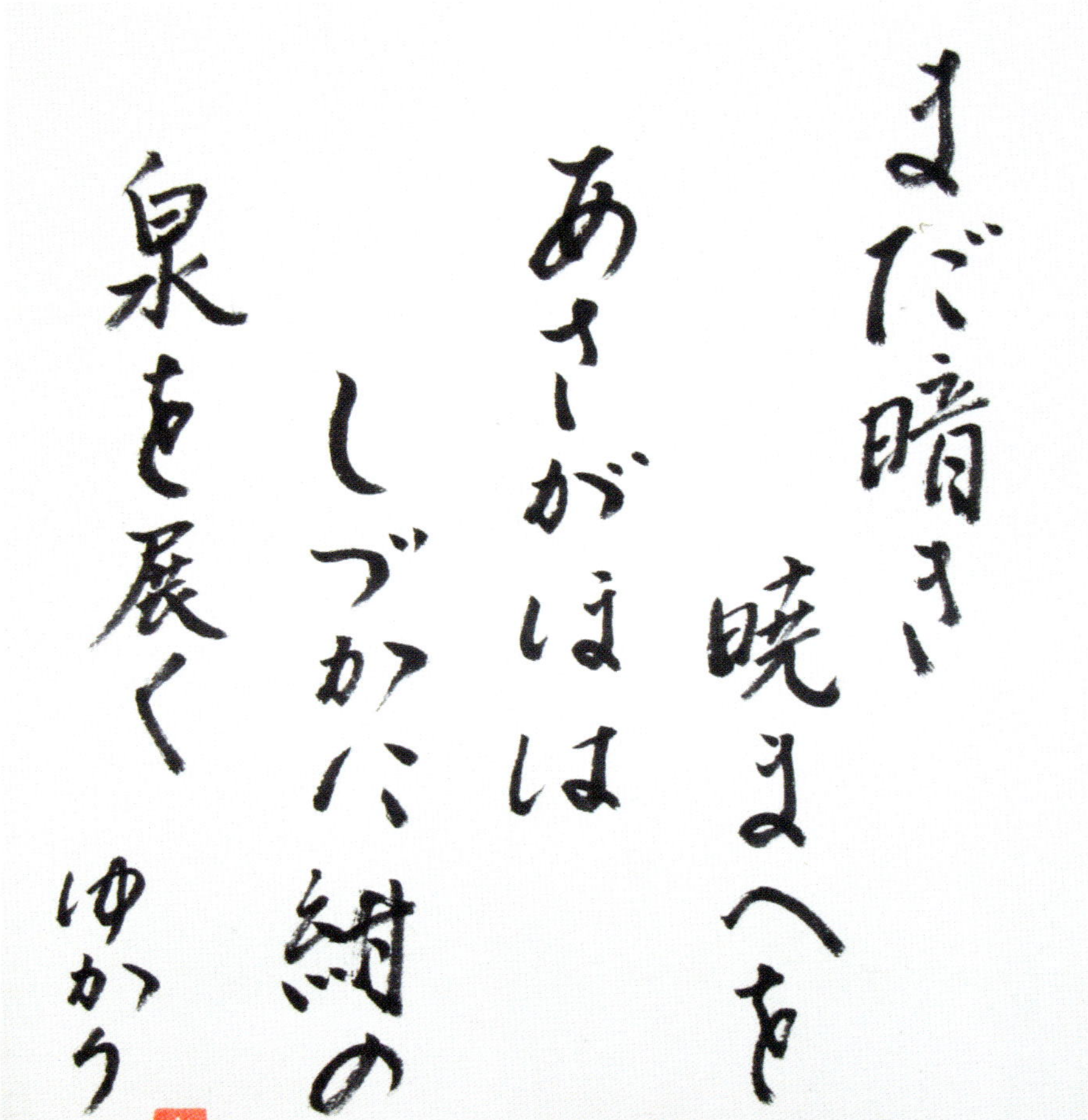
まだ暗き
暁まへを
あさがほは
しづかに紺の
泉を展く
ゆかり

まだ暗き暁まへをあさがほはしづかに紺の泉を展く

——小島ゆかり

二七×二四（㎝）

『水陽炎』（一九八七）より

「あさがほ」を青春と解しなくてもよいが、青春と読みかえることもできる。それだけ、写生のようにみえながら、普遍性をもっている。この青春はつつましく、いじらしい。

『水陽炎』（一九八七）

小島ゆかり

（こじま・ゆかり）1956 ～

愛知県生。歌人。78年「コスモス」に入会。85年、「桟橋」同人。87年第一歌集『水陽炎』刊行。97年『ヘブライ暦』で河野愛子賞受賞。2000年『希望』で若山牧水賞、06年『憂春』で迢空賞受賞。

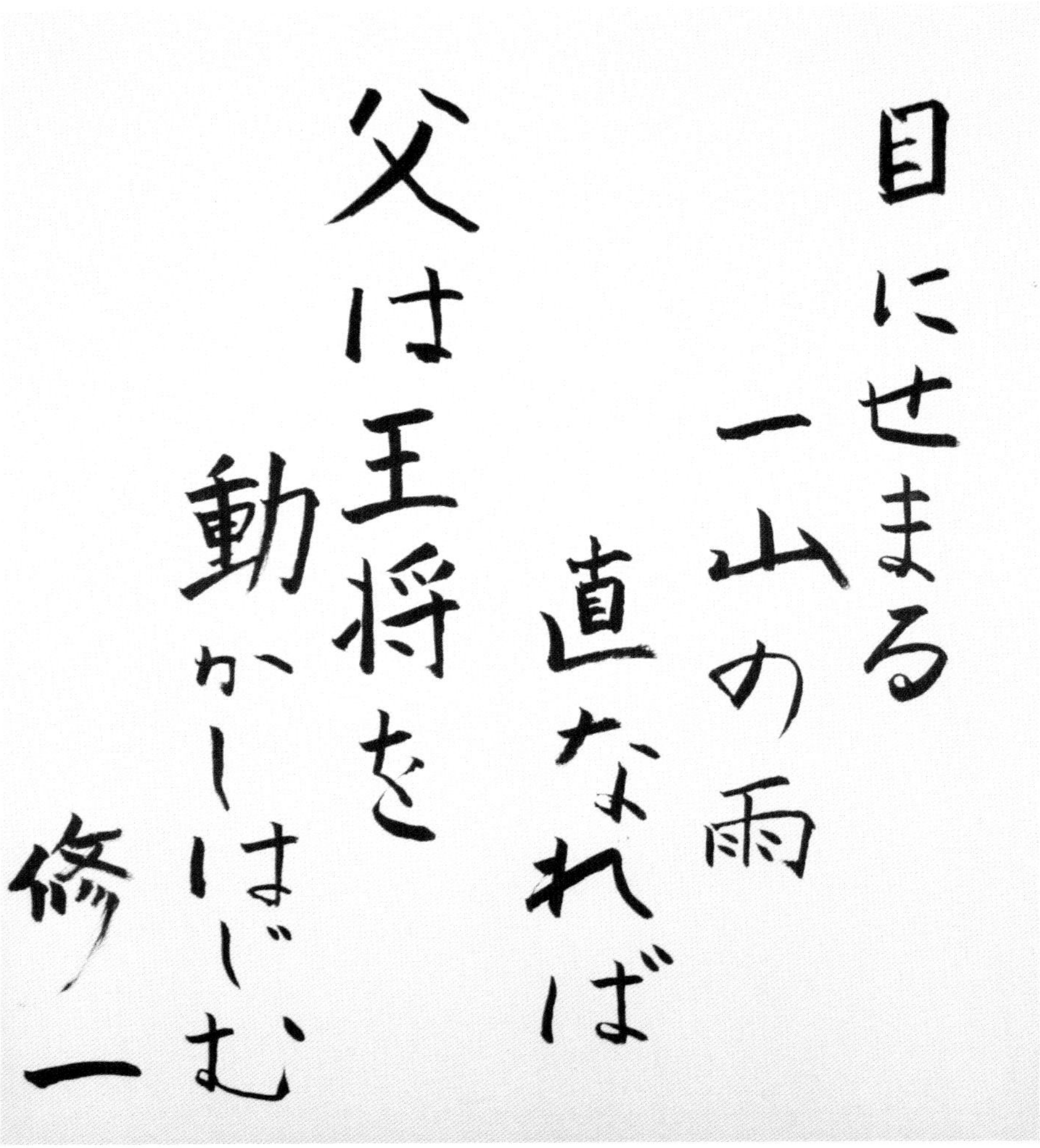
目にせまる
一山の雨
直なれば
父は王将を
動かしはじむ
修一

目にせまる一山の雨直なれば父は王将を動かしはじむ

——坂井修一

二七×二四（㎝）

『ラビュリントスの日々』（一九八六）より

少年時には学び、恐れるだけの対象であった父親と、ようやく対等の立場に立つことができるようになったその子が将棋盤を前に向かい合っている。一しきり雨が降りしきる日、ようやく父親が王将を動かす。平和な青春期の一日の情景をうたった作である。

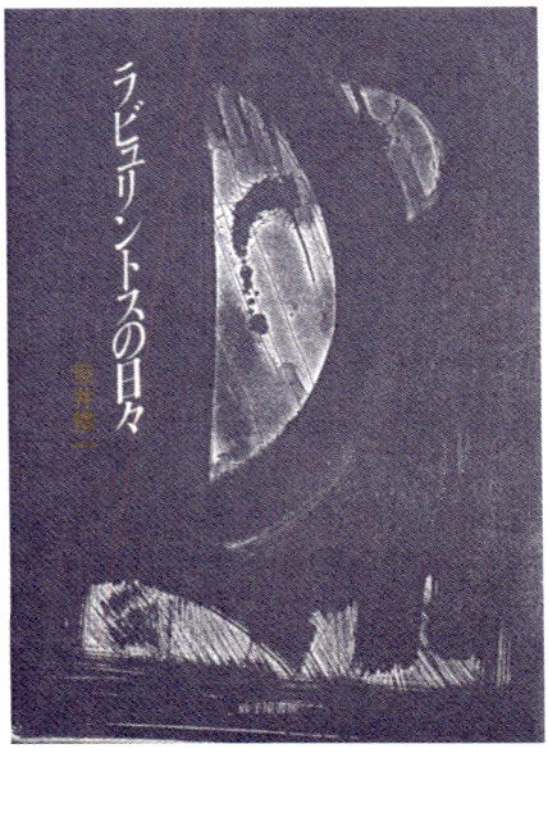

『ラビュリントスの日々』（一九八六）

坂井修一

（さかい・しゅういち）1958～

愛媛県生。歌人、情報工学者。歌人・米川千嘉子は妻。20歳の時、馬場主宰の「かりん」入会、現在編集委員。81年度の短歌研究新人賞で次席となって以降注目を集め、87年第一歌集『ラビュリントスの日々』で現代歌人協会賞、2000年『ジャックの種子』で寺山修司短歌賞受賞。

名を呼ばれし
ものごとくに
やはらかく
朴の大樹も
星も動きぬ
千嘉子

名を呼ばれしもの、ごとくにやはらかく朴の大樹も星も動きぬ

——米川千嘉子

二七×二四（cm）

『夏空の櫂』（一九八八）より

わが名を呼ばれたなら、やわらかに体を動かして、呼ばれるままにそちらへ行くことにしよう、朴の大樹も星も、呼ばれたように、動くではないか、そんな意と解せば青春の歌と読むことができるだろう。しかし、この歌は青春ということを離れて、朴の大樹、星の動きを描いた作として読んだ方が、すぐれた作と評価できるかもしれない。

『夏空の櫂』（一九八八）

米川千嘉子

（よねかわ・ちかこ）1959 〜

千葉県生。短歌結社「かりん」編集委員。毎日新聞、信濃毎日新聞歌壇他選者。79年「かりん」に入会し馬場あき子に師事。89年第一歌集『夏空の櫂』で現代歌人協会賞、2004年『滝と流星』で若山牧水賞、13年『あやはべる』で迢空賞を受賞した。

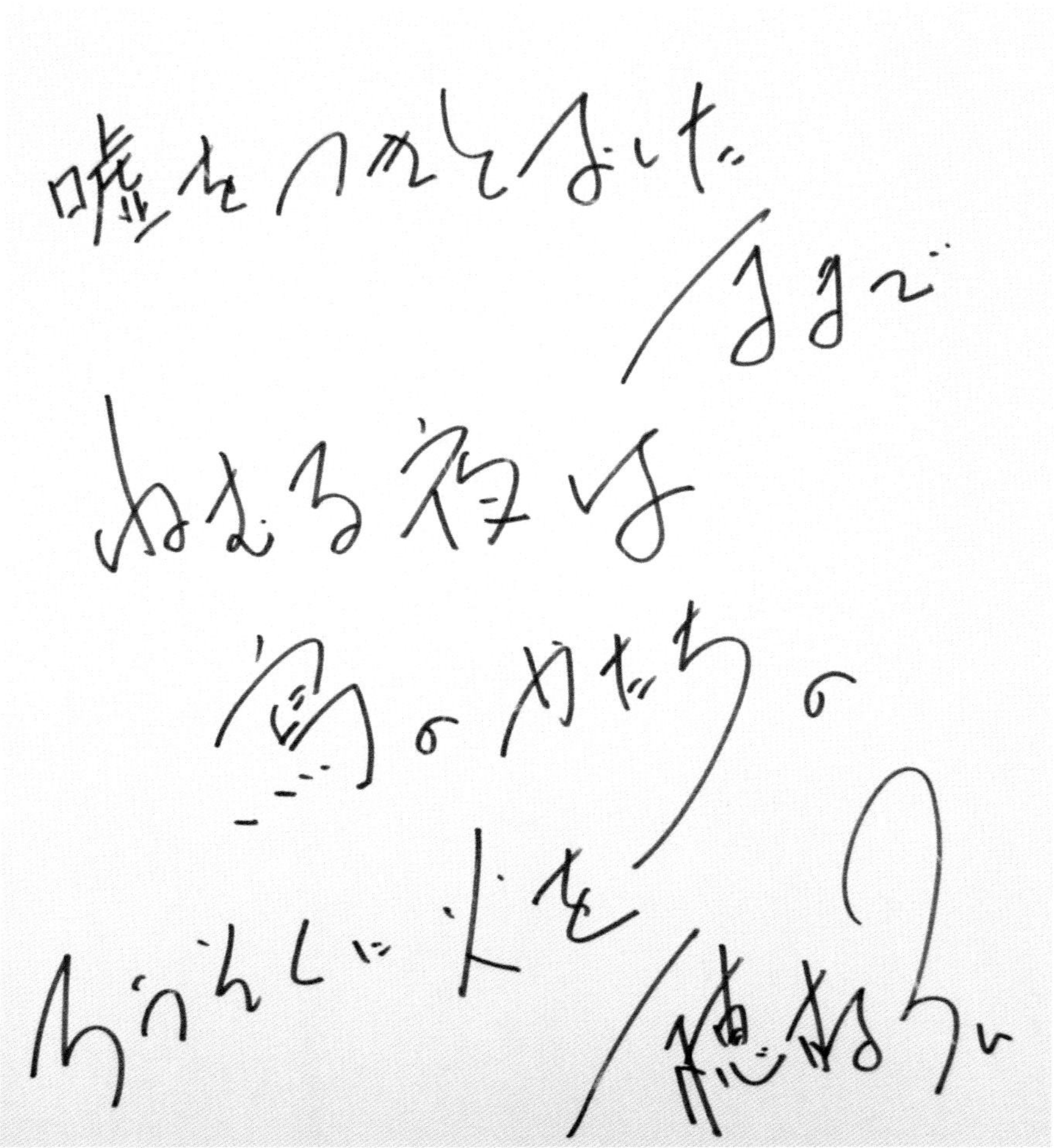
嘘をつきとおしたままで
ねむる夜は
鳥のかたちの
ろうそくに火を
穂村弘

嘘をつきとおしたままでねむる夜は鳥のかたちのろうそくに火を

——穂村弘

二七×二四（cm）

『シンジケート』（一九九〇）より

私たちは本音をはいて生きていくことは難しい。嘘をつきとおして日を過ごし、自己嫌悪を感じることも稀ではない。夜、眠るときは、せめて鳥のかたちをした蝋燭に灯をともして眠ることにしよう。夢で私は鳥となって天空を自在にはばたくかもしれない。そんな歌意と解する。

『シンジケート』（一九九〇）

穂村弘

（ほむら・ひろし）1962 〜

北海道生。歌人。日本経済新聞歌壇選者。1986年「シンジケート」で角川短歌賞次席となり注目され、90年第一歌集『シンジケート』でデビュー。2008年『短歌の友人』で伊藤整文学賞、連作「楽しい一日」で短歌研究賞受賞。

●エッセイ

青春列車通過駅

穂村　弘

一昨年、或る雑誌の企画で、高校時代の同級生と会うことになった。彼は神戸の大学を卒業後、大阪の放送局でアナウンサーをしている。再会の場所は、名古屋市内の母校である。

当日、私は待ち合わせの時刻に遅れてしまった。地下鉄の最寄り駅から高校までの道順がわからなくなったのだ。三年間通ってたんだ、いくら三十数年ぶりとはいっても、そんなはずはないと焦りつつ、ぐるぐる迷って、どうしても辿り着けない。とうとうローソンで道を尋ねて、慌てて駆けつけた。

友だちは正門の前で、にこにこしていた。

ほ「ごめんごめん」
友「遅いよ」
ほ「駅からの道がわからなくなっちゃって。毎日通ってたのになあ。やっぱり三十年って長いんだね」
友「あはは。あの頃は駅なんてなかったよ」
ほ「えっ」

友「あの駅は数年前にできたんだよ。みんなバス通学だったじゃん」

一瞬、意味がわからない。それから変なショックが来た。そうか。そうだ。最寄りはバス停だった。駅じゃなかった。道理で道順がわからなかったわけだ。というか、それ以前に、そんなことも忘れていた自分ってなんなんだ。

友「ひさしぶり」
ほ「いや、ひさしぶり」
友「変わらないね」
ほ「そっちこそ」

本当に変わってない。時間が達磨落としになったように自然に話せてしまう。それから、編集者とカメラマンと一緒に、休日の学校をふらふら歩き回る。許可が取れなかったから校舎には入れないという話だったけど、特に注意されることもなかった。目に入るものを次々に懐かしがりながら、編集者を交えて思い出を語り合う。

編「この高校で、どんな毎日を送ってたんですか」
友「なんにもなかったんです。本当になんにも」

友だちが、にこにこしながらそう云った。その言葉をきいて、ほっとした。そうか、やっぱりそう思ってたんだ。

私には青春の思い出というものがない。学生運動とか学徒出陣とか表現活動とかそういうレベルの話ではない。部活もバイトもデートもなかったのだ。

放課後、行く場所もやることもない。でも、なんとなくすぐには家に帰らない。運動部の掛け声、カキーンというバットの音、ブラスバンドの響き、それらが混ざった空気の中で、もやもやと切ない気持ちを抱いて、無人の教室に居残っている。そうしていれば何かが起こるような気がして、なにか、なにか、なにかってなんだ。

「なんにもなかったんです」と云った友だちも、そんな私と大差なかったのだろう。ただ一つの違いは、授業が終わると彼はすぐに帰宅していたこと。その潔さが眩しかった。

青春の思い出がなくても、そのために死んでしまうということはない。その後の人生も普通に生きていける。なんにもなくても、確かに私は、あの時あそこにいたのだ。と思っていたけど、でも、バス停と駅を間違えるようじゃ、やっぱり幽霊みたいなものだったのかなあ。

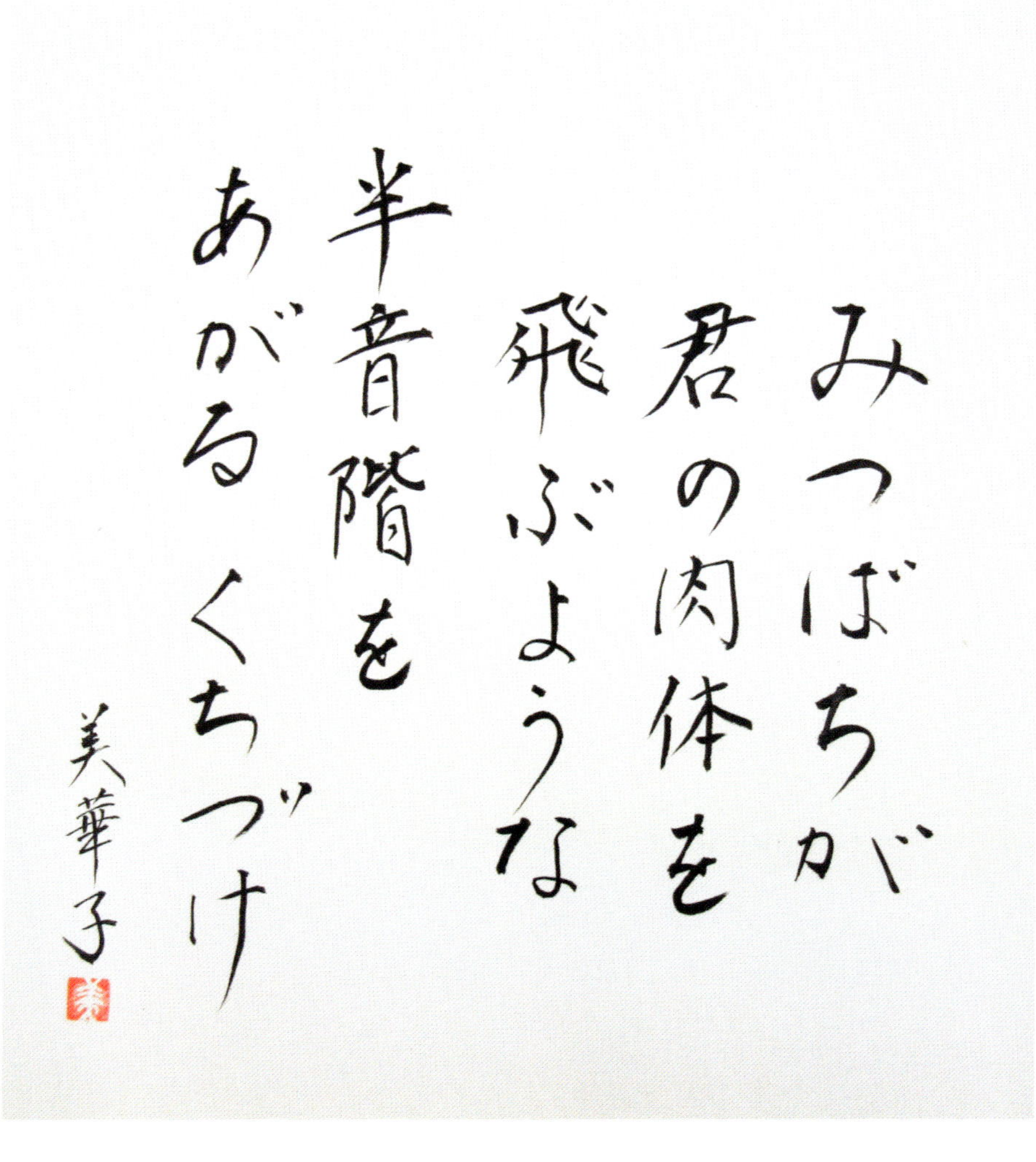
みつばちが
君の肉体を
飛ぶような
半音階を
あがるくちづけ
美華子

みつばちが君の肉体を飛ぶような半音階をあがるくちづけ

――梅内美華子

『若月祭』（一九九九）より

爽かで清潔、美しい青春の歌である。「半音階をあがる」といった表現がじつに巧みだし、若々しい。

二七×二四（cm）

『若月祭』（一九九九）

梅内美華子

（うめない・みかこ）1970〜

青森県生。歌人。88年「かりん」に入会。91年「横断歩道《ゼブラゾーン》」で角川短歌賞、2001年『若月祭』で現代短歌新人賞、12年『エクウス』で芸術選奨新人賞、葛原妙子賞、「あぢさゐの夜」20首で短歌研究賞。13年青森県褒章。

青春の詩歌

2014 年 5 月 25 日　第 1 刷印刷
2014 年 5 月 30 日　第 1 刷発行

編者｜公益財団法人 日本近代文学館

発行人｜清水一人
発行所｜青土社
〒 101-0051　東京都千代田区神田神保町 1-29　市瀬ビル
電話｜03-3291-9831（編集）　03-3294-7829（営業）
振替｜00190-7-192955

印刷・製本｜クリード

Printed in Japan
ISBN978-4-7917-6792-2　C0095